外国人のための日本語 例文・問題シリーズ 7

助　　　　　詞

北川千里
鎌田　修
井口厚夫
共著

日本荒竹出版授權
鴻儒堂出版社發行

監修者の言葉

このシリーズは、日本国内はもとより、欧米、アジア、オーストラリアなどで、長年、日本語教育にたずさわってきた教師三十七名が、言語理論をどのように教育の現場に活かすかという観点から、アイデアを持ち寄ってできたものです。私達は、日本語を教えている現職の先生方に使っていただくだけでなく、同時に、中・上級レベルの学生の復習用にも使えるものを作るように努力しました。

このシリーズの主な目的は、「例文・問題シリーズ」という副題からも明らかなように、学生には、今まで習得した日本語の総復習と自己診断のためのお手本を、教師の方々には、教室で即戦力となる例文と問題を提供することにあります。既存の言語理論および日本語文法に関する諸学者の識見を無視せず、むしろ、それを現場へ応用するという姿勢を忘れなかったという点で、ある意味で、これは教則本的実用文法シリーズと言えるかと思います。

従来、文部省で認められてきた十品詞論は、古典文法論ではともかく、現代日本語の分析には不充分であることは、日本語教師なら、だれでも知っています。そこで、このシリーズでは、品詞を自立語では、動詞、イ形容詞、ナ形容詞、名詞、副詞、接続詞、数詞、間投詞、コ・ソ・ア・ド指示詞の九品詞、付属語では、接頭辞、接尾辞、（ダ・デス、マス指示詞を含む）助動詞、形式名詞、助詞、助数詞の六品詞の、全部で十五に分類しました。さらに細かい各品詞の意味論的・統語論的な分類については、各巻の執筆者の判断にまかせました。

　また、活用の形についても、未然・連用・終止・連体・仮定・命令の六形でなく、動詞、形容詞とともに、十一形の体系を採用しました。そのため、動詞は活用形によって、u動詞、ru動詞、行く動詞、来る動詞、する動詞、の五種類に分けられることになります。活用形への考慮が必要な巻では、巻頭に活用の形式を詳述してあります。

　シリーズ全体にわたって、例文に使う漢字は常用漢字の範囲内にとどめるよう努めました。項目によっては、適宜、外国語で説明を加えた場合もありますが、説明はできるだけ日本語でするように心がけました。

　教室で使っていただく際の便宜を考えて、解答は別冊にしました。また、この種の文法シリーズでは、各巻とも内容に重複は避けられない問題ですから、読者の便宜を考慮し、永田高志氏にお願いして、別巻として総索引を加えました。

　私達の職歴は、青山学院、獨協、学習院、恵泉女学園、上智、慶應、ICU、名古屋、南山、早稲田、国立国語研究所、国際学友会日本語学校、日米会話学院、アイオワ大、朝日カルチャーセンター、アリゾナ大、イリノイ大、メリーランド大、ミシガン大、ミドルベリー大、ペンシルベニア大、スタンフォード大、ワシントン大、ウィスコンシン大、アメリカ・カナダ十一大学連合日本研究センター、オーストラリア国立大、と多様ですが、日本語教師としての連帯感と、日本語を勉強する諸外国の学生の役に立ちたいという使命感から、このプロジェクトを通じて協力してきました。

　国内だけでなく、海外在住の著者の方々とも連絡をとる必要から、名柄が「まとめ役」をいたしましたが、たわむれに、私達全員の「外国語としての日本語」歴を合計したところ、580年以上にも及びました。この600年近くの経験が、このシリーズを使っていただく皆様に、いたずらな「馬齢の積み重ね」に感じられないだけの業績になっていればというのが、私達一同の願いです。
このシリーズをお使いいただいて、Two heads are better than one.（三人寄れば文殊の知恵）とお感じになるか、それとも、Too many cooks spoil the broth.（船頭多くして船山に登る）とお感じになったか、率直な御意見をお聞かせいただければと願っています。

この出版を通じて、荒竹三郎先生並びに、荒竹出版編集部の松原正明氏に大変お世話になりましたことを、特筆して感謝したいと思います。

ミシガン大学名誉教授
上智大学比較文化学部教授
名柄　迪

はしがき

よく、「助詞は言わなくても話は通じる」と言う人が多いのですが、それはあくまでも話し言葉、それもそれほど堅苦しくない場合の会話の時だけのことであり、正式な場合や文を書く場合には通用しません。特に、知的な文章を書く場合には助詞の間違いは致命的になることも少なくありません。それは、ただ単に意味が正しくとれるということだけではなく、日本語の素養を問われているからなのです。

いきなり驚かしてしまいましたか。まあ、あまり深刻にならないでも結構です。しかし、このような時以外でも、「は」と「が」や「が」と「を」などの使い方の間違いは、どんな日本語が上手な人でもつい犯してしまうことがあるようです。これに加えて、学校などで勉強しなかった用法や、以前から耳にするが、よく意味がわからないので、自分でも使ってみたいがちょっと不安だというものもあるでしょう。このような時、この本がひとつひとつの助詞のまとめに役に立てばと思います。また、日本語教師を目指している方も、日頃自分が何気なく使っていても、実はこんなに多彩な用法があるのかと再認識されるのにも役立つと思います。

学習の助けになればと思い、総合問題にはイラストを入れることにしました。イラストは執筆者の一人鎌田の娘 麻里が担当しました。

こまごまとした作業で上智大学学生の伊藤由美さん、清水理恵さんに手伝っていただきました。

最後に、このような機会を与えてくださった名柄先生に感謝します。

北川千里
鎌田　修
井口厚夫

目次

本書の使い方

第一章　例文について

第一章の例文は、さまざまな場面で使われる助詞の「理解」に役立つようにと考えました。このため、助詞の厳密な定義はともかく、名詞に続く表現をできるだけ項目・用法とも幅広く挙げたつもりです（とは言え、ここにあるもので全ての助詞の全ての用法を挙げたとは言えませんが）。従って、形式名詞、接続詞やその他のものとして分類されているものもいくつか含んでいます。これらについては他のシリーズ（主に「形式名詞」「接続の表現」の巻）で既に詳しく述べてあるので、各々の巻を参照してください。

また、練習問題については、以上の理由から全ての項目・全ての用法についていちいち取り扱うのは不必要であり、紙面も限られているので、学習者が使用しなくてはいけない重要なもの、間違いの起こりやすいものに限って第三章で取り扱うことにしました。

例文は、だいたい［名詞＋助詞］という基本的な形から、［名詞＋（他の助詞）＋助詞］［動詞・形容詞など＋助詞］というように、複雑な形へと発展していくように配列しました。特に名詞以外の品詞に助詞が接続するときは、その品詞の接続の形に注意して下さい。

ロゴマークについて

助詞は、同じ用法のものでも様々な場面で使い分ける必要があります。そこで、第一章の中では視覚に訴（うった）えるために以下のロゴマークを採用しました。

★……書き言葉・古語表現で用いられることが主なもの

♠……男性が使う言葉

♥……女性が使う言葉

無論、これらのマークは、一般的な使い方ですので、一つの目安として役立てて下さい。

第二章　格助詞の配列について

助詞は個々に用いられて意味を持つというより、他の助詞との組合せや動詞との関連で意味が明解になることが多く、その意味では第二章として「格助詞の配列」を設けました。ここでは一つ一つの助詞の意味でなく、助詞の配列パターンに注目して文の意味を考えていただきたいと思います。

第三章　実践（じっせん）編——練習問題について

助詞の問題と言うと、決まって穴埋（あなう）めや選択（せんたく）問題です。これはある程度仕方のないことですが、穴だらけの文が一体何を言おうとしているのかがわからないと、答えもわかりません。こういう場合、仮に答えが正しくとも学習にそれほど有益とも思えません。この考えから、この本では単なる穴埋（あなう）め形式だけに終始したくありませんでした。できるだけ「機能・概念（がいねん）」ということを念頭において作ったつもりです。また、日本語能力試験などの準備も考慮（こうりょ）に入れました。

第四章　総合問題について

第四章の総合問題は、助詞学習の総合的な能力を養うという意味で、日本あるいはヨーロッパにある有名な昔話に基づいたものを作りました。話の流れをよく考えて問題に取り組んで下さい。

先生方へ

(1) 頁数の制限から、十分な説明を添えることはできませんでした。「は／が」などの説明の補足は先生方が適宜行ってほしいと思います。

(2) 練習問題は決して包括的なものとはなっていませんが、様々な形式の問題を試みました。先生方が教材を作成する際のアイデアを提供することができれば幸いです。

(3) 基礎力の復習問題は載せませんでした。中・上級レベルの人でも初歩的なミスを犯すことがあり、その点で初級レベルの演習も補足してやっていただきたいと思います。

学生の方へ

(1) 第一章では、まず例文を読んでみて、一つ一つの助詞の概念がどんなものか理解して下さい。意味・用法がわからない時は第五章の「解説」で項目番号を照らし合わせて調べて下さい。なお、第一章には聞いてわかればそれでよいという用法もありますので、これまで勉強していない用法がたくさん出てきても、あまり驚かないで下さい。

(2) 「解説」のページにある用語を覚える必要はありません。概念としてこういうものだというイメージがつかめれば、それで充分です。

(3) 第三章では、問題に答える前に、ここではどんな文を作っているのかを考えるようにしてく

(4)　ださい。穴埋め・選択問題でもある程度概念が表示されています。
この本は基礎知識の学習ではなく、主にこれまでの学習項目の整理・復習を目的としています。もし難しいと感じたら、「外国人のための助詞」（茅野直子・秋元美晴著、武蔵野書院）などにもう一度戻って下さい。

活用表

	u動詞	ru動詞	行く動詞	カ変動詞	サ変動詞
語例	聞く	見る	行く	来る	する
1 語根	聞k—	見—	行k—	き—	し・せ—
2 連用形	聞き	見	行き	き—	し
3 現在形	聞く	見る	行く	くる	する
4 否定形	聞かない	見ない	行かない	こない	し・せ
5 意志形	聞こう	見よう	行こう	こよう	しよう
6 過去形	聞いた	見た	行った	きた	した
7 テ形	聞いて	見て	行って	きて	して
8 タリ形	聞いたり	見たり	行ったり	きたり	したり
9 タラ形	聞いたら	見たら	行ったら	きたら	したら
10 仮定形	聞けば	見れば	行けば	くれば	すれば
11 命令形	聞け	見よ・ろ	行け	こい	せよ・しろ

第一章　例　文

A　基本的に動詞とつながって文を構成する助詞

A1　が

1　千葉県には東京ディズニーランドがある。
そこには、シンデレラや小人(こびと)達がいる。
ディズニーランドでは、アルバイトの学生が大勢働いている。
アルバイトの学生は、みんな背が高い。
毎年、夏休みには観光客がたくさん来る。

2　関西(かんさい)の人は納豆(なっとう)が嫌(きら)いだ。（注「…を嫌(きら)う」）
小さい時台湾(たいわん)にいたので、中国語が少しわかる。
ああ、のどがかわいた。水が飲みたいなあ。（≒「を」）
私はドイツ語が話せます。（≒「を」）

3 何時間も話し合ったが、結論は出なかった。

天気予報では雨が降ると言っていたのですが、結局降りませんでした。

もしもし、こちらは五代と申しますが、響子さんはいらっしゃいますか。

すみません、国際ホテルに行きたいんですが、どう行ったらいいでしょうか。

「それじゃ、また明日。」「あのう、それは私の傘なんですが……。」

★4 なんといっても、わが家が一番だ。

スメタナの代表作「我が祖国」は大変いい曲だ。

「お住まいはどちらですか。」「朝日が丘の三丁目です。」

A2 を

1 ブルータスがシーザーを殺した。

アントニオ猪木がモハメッド・アリの足をけった。

音楽を聞くのが趣味だ。

私は××商社の人事部長をしている。（職業）

2 スーパーマンは空を飛べる。

日曜日には公園を散歩します。

次の角を右へ曲がって下さい。

この写真で花束を持って、先頭を歩いているのが当時の私です。

車の多い道では、横断歩道を渡って下さい。

トンネルを抜けると、右に山が見えます。

丸の内線は四谷を通りますか。

渋谷駅で電車を降りて下さい。

十時に家を出れば間に合います。

私のいとこは東京大学を首席で出た秀才だ。

3 お忙しいところを、どうもすみません。

A3 に

1 有名なお寺はほとんど京都にある。

私のおばさんは奈良にいる。

山の頂上に立つと景色がよく見える。

けが人が頭にほうたいをしている。

意地悪なたぬきは背中に火をつけられて大やけどをした。
私は東京に住んでいる。
ゴーディッシュ氏は、あのホテルに泊まっている。
父は保険会社に勤めている。

2

日本の新学期は四月に始まる。
私は夏に国に帰る予定だ。
明日、七時にここに来て下さい。
今日航空便で出しましたから、一週間以内にそちらに着くはずです。
エジソンは五日に一つの割合で特許を取った。
フェリス神父様は一日に四十本もたばこを吸う。

3

商用で大阪に行った。
今度、引越しして千葉に移ることになりました。
ここ数年大学に入学する生徒の数は増え続けている。
タクシーに乗ったら、大きく「禁煙」と書いてあった。

4

田中さんの息子が医者になった。

三時になったら仕事をやめましょう。
秋葉原(あきはばら)で、四十万円のコンピュータを三十万にまけてもらった。
このごろ、先生のおかげでやっと漢字が読めるようになりました。

あのレストランは、奥(おく)が談話室になっている。
この店では、食べる前に食券(しょっけん)を買うことになっている。

三時です。お茶にしましょう。
私は、食事のあと昼寝(ひるね)をすることにしている。

5
この手紙を田中さんにわたしてください。
すみませんがあなたから中村さんに電話して下さい。
昨晩、家にどろぼうが入ったので、警察に届けた。
駅で山田さんに会った。(⇔「と」)

ひどい目に会ったよ。スリに会ったんだ。(⇔「と」)
帰りに夕立にあった。

6
上野動物園へパンダを見に行きましょう。
本物のエスカルゴを食べに、とうとうフランスまで来てしまった。

マルコは、一人でお母さんに会いにジェノバからやって来た。
車は郊外で生活するのに必要です。(＝郊外での生活に必要)
この字引は持って歩くのに便利です。(＝携帯に便利)
青山通りに行く(の)には、この角をまがって線路を越えて下さい。

7 友達に借りた本をまだ返していない。(≒「から」)
お母さんにもらったオルゴールが私の宝物です。(≒「から」)
その歌は誰に教えてもらったんですか。(≒「から」)

8 「一円を笑うものは一円に泣く。」
彼は人生に疲れて自殺した。
彼女は大地主の娘だから、金に困らない。

9 古代エジプト人は天文学にくわしかった。
田中先生は美人に弱いから、可愛い女生徒にはいつも甘い点をつける。
私はこの仕事に向いていないと思うので、会社をやめさせてください。
この本は私にはやさしすぎる。
この服は私にちょうどいい大きさだ。

10 毎晩、赤ん坊に泣かれて眠れない。

先生に作文をほめられた。

シーザーはブルータスに殺された。

知らない土地へ行ったら、そこに住んでいる人に安くておいしい店を教えてもらいます。

うちでは、子供達に食器を洗わせています。

注 子供をお使いに行かせています。

11 デパートへ行くには行ったが、何も買わないで帰ってきた。

12 「きのうのパーティーには、誰が来てましたか。」

「えーと、増田さんに北村さんに川村さんに、それから佐藤さんもいましたよ。」

仕事をくびになって試験にも落ちた。「泣きっ面に蜂」とはこのことだ。

あんな下手な人にこんな高いピアノを買うなんて「猫に小判、豚に真珠」というものだ。

13 黒のスーツに黒のネクタイの男が突然訪ねてきた。

ワニ皮のハンドバッグにスーツケース。

その男は、ジーンズにシルクハットという、奇妙な格好で立っていた。

14 走りに走って、やっと電車に間に合った。
K社が新しく発売したビールは大好評で、売れに売れた。

「に」の発展形

A3のイ　**によって**（=「により」）

1 ラジウムはキュリー夫人によって発見された。
このホテルはロイド氏によって設計された。

2 科学的方法によって地動説が正しいことがわかった。
アメリカとの協定によって米の輸入が開始された。

3 国によって風俗や習慣は異なる。
関東地方は、今日は、所によって雨になります。

A3のロ　**による**［+名詞］

1 カラヤンによる指揮、アシュケナージによるピアノ演奏。

2 火災による被害／王の命令による城の建築。
キュリー夫人は放射線による最初の死者である。（×「によって」）

3　ピアノによるオーケストラ名曲集
　ピアノによる演奏

A3のハ　**にしては**（比較「として」）
「あの人はアメリカ人でしょうか。」「さあ、アメリカ人にしては背が低いから、たぶん違うでしょう。」
エリーゼさんはアメリカ人にしては日本語が上手ですね。感心します。

A3のニ　**にとって**
人間にとって水は不可欠である。
女にとって、髪は命である。

A3のホ　**に対して**
軍隊では、上司に対して絶対服従しなければならない。
上司は、部下に対して公平でなければならない。

A3のヘ　**について**［＋動詞］
カナダにいたとき、日本について論文を書きました。
特急券については、払い戻しを行わない。

「に」の発展形

A3のト　**につき**

1　来週の金曜日にホテルでパーティーをします。会費は一人(ひとり)につき五千円です。

2　私有地につき駐車(ちゅうしゃ)禁止

A3のチ　**に関して**〔＋動詞〕（＝「について」）

スミスさんは日本経済に関して論文を書いた。

A3のリ　**に関する**〔＋名詞〕

日本経済に関する論文は非常に少ない。

A3のヌ　**にあたって**

明日(あした)からの入学試験にあたって、大学では、最後の打ち合せが行われた。

A3のル　**に際して**

試験に際しては、不正行為(こうい)がないように注意して下さい。

A3のヲ　**において**

ヨーロッパ諸国において、最も貿易が盛んな国はどこですか。

A3のワ **における**［＋名詞］（≒「での」）

日本におけるそばの生産量は極端に少ない。

二十世紀における最大の発明は何だろうか。

A4 で

1 日本人は箸でものを食べる。

袋田のこんにゃくはしょうが醤油で食べるのが一番おいしい。

アンデルセンの物語を絵本で読みました。

ダーウィンは、推測だけで「人間の由来」という本を書いた。

私の時計でちょうど十時だ。

スミスさんの話では、今アメリカでこの曲が流行しているそうです。

2 火事で家を焼いてしまった。

四谷付近は事故で道路が混んでいます。

詩人リルケは女性のために手折ったバラのとげでけがをし、それがもとで死んだ。

千葉県は醤油とピーナッツで有名です。
ジョンソンさんはこのごろ論文でとても忙しい。
社長は仕事で外出中です。

3
ウイスキーをダブルでくれ。
この魚は生で食べられます。
アメリカではトマトジュースは一リットル缶で売っている。
エベレスト山頂付近で連絡が途絶えていた上田さんは、昨日遺体で発見された。

4
みんなで協力して演奏会を成功させた。
佐藤さんと私でテレビを直してしまいました。
体の不自由な人は国で保護しなくてはいけない。
「お手伝いしましょうか。」「大丈夫です、一人でできますから。」
単身赴任のサラリーマンの多くは、狭いアパートに一人きりで暮らしている。

5
うちの祖母は七十歳で死んだ。
彼女は今年で二十歳になる。
日本の保険会社が四億円でゴッホの絵を買った。
あと二、三日で梅雨はあけるでしょう。

きょうの仕事は五時で終わりにして、残りは明日(あした)またやりましょう。

この本は上下巻(じょうげかん)二冊で三千円だ。

6　私の父はよくおふろで歌を歌います。
地獄(じごく)で仏に会ったような気分だ。

ふと見るとブロディ選手が部屋(へや)の隅(すみ)でじっと我々を見つめていた。

今朝(けさ)七時頃(ごろ)、関東(かんとう)地方で地震(じしん)がありました。

明日(あした)は一時から第三会議室で会議があります。

7　ここにいる人で、テキストをまだ買っていない人はいませんか？
エベレストは世界で最も高い。

日本で初めての辛口(からくち)ビール。

佐藤栄作は日本の政治家で初めてノーベル平和賞をもらった。

8　「ウイスキーでもお飲みになりますか。」「いえ、お茶でけっこうです。」
「田中さん、私に日本語を教えてくれませんか。」「私でよければ、喜んで。」

私、あなたのそばにいるだけで幸せだわ。

この論文は、一回読んだだけでは理解できない。何度も読む必要がある。

A5　へ（「に」に置き換え可能）

私は若い頃、大学へはあまり行かないで毎日映画館に行ってました。
新宿へ映画を見に行きましょう。

将来は大学の博士課程へ進みたいと思っています。
妻への信頼がなければ男は安心して仕事ができない。

ローマへ到着したとたん、お金を全部とられた。
速達で出せば今週中にアメリカへ届きますか。

A6　から

1 田舎からはるばるおばあちゃんが出てきた。
私は新宿で地下鉄からJR線に乗り換える。
私の大学から富士山が見えます。
日本には四月から来年三月まで滞在の予定です。
その話は誰から聞いたんですか。
恋人からチョコレートをもらった。
アメリカからの手紙は、もう届きましたか。
すみからすみまでそうじしてください。
ウォークマンは次から次へと新しい製品が出る。

豆腐(とうふ)は大豆(だいず)から作られる。

バターはミルクから作る。

平仮名は漢字の一部分から考え出された。

いいワープロは、安くても十万円からする。

マドンナのコンサートは五千人からの聴衆(ちょうしゅう)でにぎわった。

2　わが家ではお客さんからお風呂(ふろ)にはいることになっている。
カラオケは、上司からまず歌わなければならない。

鈴木さんには私からお礼を言っておきます。

3　社長が過労から病気になった。
不注意から大事故を招いた。

インドでは宗教的な理由から牛を食べない。

4　社長はみんなから尊敬されている。（≒「に」）
祖父がなくなったことを父から教えられた。（≒「に」）

医者から止められているのでお酒は飲めない。（≒「に」）

彼(かれ)の大胆(だいたん)な行動は運よく誰(だれ)からも非難されなかった。（≒「に」）

教授はオーストラリア政府から招待されて講演に出かけた。（≒「に」）

5　私は毎朝、起きてから必ず冷たい水を一杯飲むことにしている。（比較「～たから」）
毎日日本語の勉強をしてから寝ることにしています。

この家を建ててからもう三年にもなる。

親のありがたさは親が死んでからよくわかるようになるといわれている。

6　大阪まで飛行機で一時間だから、その会議にはまにあいます。
その本ならどの本屋にでもあるから見つけるのに困ることはない。

「早く起きなさいよ、遅刻するから。」

「私は後で行くから。」って伝えておいて下さい。

ドイツ語の勉強を始めたのは、将来ドイツに留学したいと思ったからです。

「どうしてもう一台車を買ったんだい？」「女房が昼間乗るからだよ。」

何故こんな古い服を捨てないかというと、この服には昔の思い出がいろいろあるからなのです。

A7　より

1　日本語より中国語の方が漢字が多い。
鎌倉の大仏より、奈良の大仏の方が大きい。
「花よりだんご。」（ことわざ）
「ただより高いものはない。」（ことわざ）

火星の大気は地球より薄い。
日本の陸地は百万年前より狭くなっている。
私は何よりも食後のコーヒーが好きだ。
どの学校よりも自分が習った学校のことが一番よくわかる。
家は焼けてしまったが、みんなが無事で何よりです。

今ここで休むより頂上についてから休んだ方がいい。

あの人は「食通」と言うより、ただの食いしん坊だ。
チェンさんは中国人と言うより日本人のようです。
最近の音楽は私には音楽と言うより雑音に聞こえます。

2　最上の手とは言えないが、それより他に方法はなさそうだ。
神に祈るより手はない。
手術をするより他に何かいい方法はありませんか。
沈黙するより仕方ない。

3　会議は一時より開始する。
遠方より昔の友人がやって来た。

この塀より向こうは隣の国だ。

ここより先には何もありませんよ。

A8　まで

1　学生時代に北海道から九州まで全国を旅行した。
運転手さん、東京駅まで行って下さい。

雨がやむまで部屋の中で待ちましょう。

道はどこまでもまっすぐ続いていた。

「この本はいつまでに返しましょうか。」「いつまででもいいからゆっくり読んで下さい。」

期末テストで朝五時まで勉強した。

2　雨や風だけでなく、雪まで降ってきた。
そんなにまで言うのならどこでも好きな所に行きなさい。

セト神父の情熱は大変なもので、島民をみんな信者にしようとまで思っているようだ。

あなたが泣くと、私まで悲しくなります。

あの先生は考えなくてもいいことまで考えて悩むタイプだ。

品数が少ないので、一人五個までです。六個以上は買えません。

彼は親友にまで裏切られて、すっかり人を信用しなくなった。

金持ちにはなりたいけれど、人をだましてまで金もうけをしようとは思わない。

船での旅行はやってみたいとは思うけれど、高いお金を払って**まで**やろうとは思わない。
彼だけが悪いとは言えない**まで**も、彼に責任はある。
日本が今後重要な市場になるということは言う**まで**もない。
言う**まで**もないことだが、日本語が話せないと日本で仕事はできない。
まずはご挨拶**まで**。
取り急ぎお知らせ**まで**。

［参考］
までに・までで
三時**までに**これを読み終えて下さい。
では、今日はここ**までで**やめます。

B 基本的に名詞や文をつなげる役目をする助詞

B1 の

1 ぼく**の**眼鏡はどこだ。
これは祐子さん**の**妹さん**の**かばんです。
これは私**の**家内、メアリーです。

私の家の屋根は瓦(かわら)です。

この学校にはインド人の学生がたくさんいます。

私は安倍(あべ)産業の土田と申します。

おしゃべりの関根(せきね)さんは今日(きょう)は珍(めずら)しく静かだ。

これは家内(かない)のメアリーです。

りんごの赤いのがすごくきれいでした。

2

カール・ベームの指揮はすばらしい。

先生の話をよく聞きなさい。

切符(きっぷ)の予約は早めにお願いします。

この本の面白さは君にはわからないだろう。

私の買った本は破れていたよ。

僕(ぼく)も先生のお書きになった本を買った。

君の撮(と)る写真はいつも芸術的だなあ。

3

「ぼくの眼鏡(めがね)はどこだい。」「頭の上よ。」

この本の後ろに索引(さくいん)があります。

授業の後(あと)で、必ず復習をしましょう。

女性との対談は苦手です。

僕の家の窓からの眺めはすばらしいぞ。

日本経済についての報告をまとめた。

4　すみません、このかばんはあなたのですか。

確かに安い着物だけれど、こんなに派手なのを着るのか。

りんごはやはり赤いのがおいしいですよ。

よく熟れたのを下さい。

相撲は初めて見るんだが、ずいぶんやせているのもいるんだね。（＝「相撲とり」）

5　私は君が幸江さんと話しているのを見た。

大声で悪口言ってるのを社長に聞かれてね、もう弱ったよ。

6　あの人が好きなのはおしるこです。

やっぱり一番おいしいのは上等のすしだよ。

このいちごが来るのは長野からだと思いました。

幸江が結婚したのは石川とだ、鈴木じゃない。

そこで泣いていらっしゃったのは先生の奥さんだった。

7　「もうお帰りですか。」「うん、ちょっと風邪をひいているのでね、また明日でも。」

「おい、昼飯だ。」「あっ、もうこんな時間なんですね。」
「あれ、君も京都へ行ったことがあるの？」「そうよ、広島へも行ったのよ。」

8 秋野さんの家では、娘が歌手になるのならないのと、大騒ぎをしている。
暑いの暑くないの、もうみんな汗だくになってしまった。
寒いの何の、息まで凍りそうだ。

B1のイ **のために**［十動詞］
1 君は僕のために一回でも何かしてくれたことがあるか。一回もなかった。
会社のためにがんばろう。
2 潮の満ち欠けのために地球の自転は遅くなってきている。
B1のロ **のための**［十名詞］
これは明日の晩御飯のためのお肉ですからね、食べちゃだめですよ。
「人民の、人民のための、人民による政治」

B2 と

1 （「や」と比較）

机の上に本とノートとペンがある。

私はコーヒーに砂糖とミルクを入れる。

数学と化学のテストを受ける。

2 友達と学校へいく

きのう喫茶店で田中さんと会った。

大木さんは三年前高橋さんと離婚して、今年、佐藤さんと結婚した。

大型タンカー薬子丸が貨物船と衝突して炎上した。

私の車は山田さんのと同じです。

あの本はこれとは違う。

3 私は行けないと言っておいて下さい。

天気予報では、明日は晴れだと言っている。

「ヒラヤマ」と十回言いなさい。さて、世界で一番高い山は何ですか。

山田さんのような人を「代表的日本人」と言います（呼びます）。

メンデルの有名な論文は、初め、くだらないと書かれて送り返された。

中世のヨーロッパでは、女性より男性の方が骨が少ないと信じられていた。
この時計は、文字盤に「MADE IN GERMANY」と表示されている。
あなたの職業は、何と言ったらいいですか。小説家と言うと少し違うでしょう?

船の上の人たちは、「王子様、誕生日おめでとう。」と乾杯をしていました。
タバコなんか吸っちゃいけない、と(言って)、父に怒られた。
「これ、お姉さんに(渡して下さい)」と手紙を渡されたが、破って捨ててしまった。
女にとって、結婚と(いうもの)は何なのだろう。
むかしむかし、ある所におじいさんとおばあさんがいたとさ。
「社長、怒っていただろう。何と言ってた?」「おまえはくびだと(言ってた)さ。」
社長を殺したのが、実の息子だったと(いうこと)は驚きだ。

ケチと思われたくないから、今日は私が払います。
馬を見て「鹿」と言う人を馬鹿と呼ぶ。
髪が長いから男と思っていたら女だった。
この本はとてもいいと思います。
娘が東京で一人暮らしをしているので、大丈夫だろうかと時々心配になる。

4
うわさは人から人へと伝わるものです。
我も我もと先を争う。

彼は、怒ってバタンと戸を閉めて出て行った。
彼女は、私の顔を見ると、わっと泣きだした。
中国の毛生え薬の注文がどっと殺到した。
姉は月水金と働いて、火木土日は家で寝ている。
武士は「いざ、鎌倉へ(行こう)」と張りきって出かけて行った。
オリンピック日本代表の伊東選手は、小柄ながら三位と健闘した。

5 クレオパトラは二人の弟と結婚し、またシーザーとアントニーの愛人となった。
この切符は、途中駅で降りると、無効となります。
仮に君がクレオパトラだとしたら、やっぱり自殺するかね。
もう一度生まれ変わるとしたら男の方がいいと思うかい。
「塵も積もれば山となる。」(ことわざ)

6 二度とあんなひどいホテルに泊まるものか。
平坂さんは自宅から勤め先の大学まで十分とかからない所に住んでいる。
こんな安い機械は三日ともたない。

7 雨が降らないと飲料水が不足する。
朝起きると、私は犬になっていた。

B2のイ　として

1　徳川家康は徳川幕府初代将軍として日本を支配した。

ロンドン塔は王宮、造幣局、牢獄、また動物園として使われたことがある。

チャップリンは母親の代役として初舞台を踏んだ。

男の子が生まれないため、その女の赤ん坊は、男の子として育てられた。

いい加減にごまかすこともできたが、プロとしてのプライドがそれを許さなかった。

2　私としてはこちらの案の方がいいと思います。

わが社としましては、できるかぎりの援助をするつもりです。

3　悪い王が死んだ時、誰一人として泣く者はいなかった。(=「誰も」、「一人も」)

王が生きていると聞いた日から、私は一日として安心して眠れる夜はなかった。

(=「一日も」)

4　一本二十円として、一ダースで二四〇円の利益がある。

佐藤さんは来ないとしても、山田さんはきっと来るでしょう。

B2のロ　といった／というような

春には梅や桜やつつじといった、きれいな花が次々と咲く。

B2のハ　という

「信」という漢字は人の行いとその言葉が一致することを表す。

「アズキー」という雑誌を読んだことがありますか。

四谷の「鳥せん」という店には千恵子さんという美人がいる。

B2のニ　って（「と(言う)」の話し言葉）

「部長に、明日は休むって言っておいたよ。」「部長、何て言ってた？」「少しぐらいのかぜで休むなんて、今時の若い者はだらしがないってさ。」

「このごろ矢萩君が来ないなあ。」「イタリアに行ったんだってさ。」「やあ矢萩君、イタリアに行って来たんだって？　何がおいしかった？」

指揮者っていうのは、大変な職業ですよ。

死ぬってことは、やっぱり恐いんだろうなあ。

先生、「鬼の目にも涙」って、どういう意味ですか。

あなたって意外と強いのね。

「鬼」って、あの、怪物みたいなやつですか？

いくらゴルフが好きだからって、駅や家の中で練習することはないじゃないの。

（＝「と言って」）

その病院では、手術の時患者が痛いと言うと、看護婦が静かにしろってたたくんです。

B3 や

1 田中さんや山下さんが来て、にぎやかになった。
日本には寿司(すし)やてんぷらなどおいしい食べ物がたくさんある。

この夏休みには東北を旅行して、仙台(せんだい)や盛岡(もりおか)を見て回りました。

この論文は、一回や二回読んだだけではさっぱりわからない。

2 社長はオフィスに入るやいなや、そこにいた社員をどなりつけた。
山田さんはぼくの顔を見るやいなやどこかへ行ってしまった。

3 ♠「ちょっとこれを食べてみて下さい。」「これはうまいや。これは何ですか。」
「また、間違(まちが)えた。でも、明日(あした)もあるから、まあ、これでいいや。」

B4 とか (=「や」)

「休日にはどんなことをしていますか。」「掃除(そうじ)とか洗濯(せんたく)とか、やらされてるよ。」

あまり体を動かさない仕事の人は、時々水泳とかテニスをするといいですよ。

勉強ばかりしてないで、たまには遊びに行くとか音楽を聞くとかしなさい。

B5 だの (≒「とか」)

論文の締(し)め切りが近いので、本だの辞書だのを持ってあちらこちらをかけ回っている。

父はやれ頭が痛いだの、腹ぐあいが悪いだのと言っては、毎日のように病院に行く。

B6 やら

1 日本人やら外国人やら、いろいろな人が来た。

哲学の用語には「対象」やら「現象」やら難しい言葉がたくさんある。

あの人がお酒を飲むと泣くやら笑うやらでとてもにぎやかになる。

うれしいやら恥しいやら、複雑な気持だ。

2 あの人はどんな人やらさっぱりわからない。

どんな人が来るのやらわかったものではない。

スミス君は毎日何をしているやら、いっこうに学校に顔を出さない。

いつ、誰が、どこで、何をしているのやら、あの国のことはさっぱりわからない。

今度行く町は全く初めての所なので、物価が高いやら安いやら、気温が暑いやら寒いやら、さっぱりわからない。

この料理は味があるのやらないのやら、さっぱりわからない。

3 「いつになったらこの長い梅雨は終わる(の)やら……。」

「この調子だと、家の経済は今後どうなる(こと)やら……。」

B 7 か

1 すしかてんぷらか、どちらがいいですか。
来週の土曜日か日曜日に釣りに行きませんか。

運動不足のためか、このごろ疲れやすい。

会議の日程が決まらないので、来週のパーティーは行けるか行けないか、まだわかりません。

2 田中さん、もう社長と話しましたか。
野口さん、明日は何時に来ますか。

すみませんが、窓を閉めてくれませんか。

あの人は来ると言ったけれど、本当に来るだろうか。

あ、今日は土曜日だから銀行は休みか。

3 田中さんは何時に来るか知っていますか。
田中さん、先生はお酒は好きかどうか知っていますか。

明日の試験に出るのはどこまでか知っていますか。

彼女があの時どんなに悲しかったか、君は考えてみたことがあるのか。

どうしたのか、彼女は今日も会社に来なかった。

4 あなたが行くんですか、スミスさんが行くんですか。
この窓はあなたが割ったんですか、それとも他の人ですか。

5 誰か来ましたよ。ちょっと見てきて下さい。
「おみやげを何か買いましたか。」「ええ、日本人形を買いました。」

「その手紙を誰かに見せましたか。」「いいえ、まだ誰にも見せていません。」

君と二人だけでどこか静かな所へ行きたい。

どこからかふしぎな音が聞こえてきた。

なぜかこのごろ彼女が冷たい。

C 「話題」の設定、その他

C1 は

1 あの人のことは私が一番よく知っている。
コーヒーは砂糖を入れますか？

高田さんは目が大きい。

さしみは、新しいものを食べなければいけない。

ぼくはコーヒーだ。（＝コーヒーを飲む。）

コンピュータはＨＡＬだ。（＝ＨＡＬのコンピュータが一番いい。）

2 田中さんはドイツ語は上手だが、フランス語は下手だ。
田中さんはドイツ語が上手だが、中村さんはフランス語がうまい。

新宿にはよく行きますが、渋谷(しぶや)にはあまり行きません。

3 私はワインは飲みません。(ウイスキーなら飲むけれど。)

私は野球だけは苦手(にがて)です。(ほかのスポーツは得意ですが。)

日本ではこの作家は無名だ。

きのうまではこのテレビはこわれていなかった。

私は歌が下手(へた)だが、少なくとも竹下さんよりはましだ。

「麻薬(まやく)をもっているんだろう。逮捕(たいほ)する。」「持っちゃいるけど、吸いはしないよ。」

「先生、息子(むすこ)は死んだんですか。」「死んではいませんが、危険な状態です。」

「このテレビ、直るでしょうか。」「直してはみますが、古いから直るかどうか保証はできませんよ。」

「あの本、読みましたか。」「読みはしましたが、難しくてわかりませんでした。」

4 新宿から渋谷(しぶや)までタクシーに乗ったら、千円は払(はら)わなければならない。

あの本は一万円はするでしょう。

この荷物は百キロはある。

「この服、いくらでしたか。」「よく覚えていませんが、一万円はしませんでしたよ。」

「全部はわかりませんが、だいたいわかります。」

「よくは覚えていませんが、確か千円ぐらいでした。」

5 競馬に行ってはお金の無駄遣いをしている。

入院中は、食っては寝るだけの生活だ。

バーベルを持ち上げては下ろし、持ち上げては下ろしの単純な練習。

C2 も

1 田中さんも来た。

肉も野菜も食べます。もちろん、果物も好きです。

夜もふけてきたから、そろそろ終わりにしましょう。

この頃は忙しすぎて、手紙もろくに書けません。

私は中国にもインドにもパキスタンにも行ったことがあります。

その子は今にも泣きだしそうな顔をしていた。

あの人は歌手としても二流だったが、俳優としても成功しなかった。

2 ふぐなんか食べたくもない。

ＣＤというのは、レコードでもカセットでもありません。

老人はその手紙を見もしないで、破り捨ててしまった。

主人は読めもしないのに、フランス語の本を買って来たんです。

私は逃げも隠れもいたしません。

3　お金がなくてもだいじょうぶです。
ここは八月になってもすずしいんですよ。

英語が読めても話せないんですからだめですねえ。

頭では理解できても実行できない。

4　きのうは五時間も歩いてつかれた。
さしみで御飯を三ばいも食べた。あれじゃあ、もう病気もすぐなおるでしょう。

六百人もの人がやって来た。

クレジットカードがあるから、現金は三千円もあれば十分だ。

「運転手さん、ホテルはもうすぐかい？」「あと五分もすれば見えますよ。」

この服はどんなにぬれても、一時間もすればかわく。

5　そこでは、日本語の出来る人は一人（ひとり）もいませんでした。
あなたのことをおもわない日は一日もありません。

6　私はその手紙を誰（だれ）にも見せませんでした。
山口さんは誰（だれ）とも話さなかった。

週末にはどこへも行かなかった。

何も食べるものはありません。（＝食べるものは何もありません。）

誰も田中君を助けてあげようと言う人はいない。（＝田中君を助けてあげようと言う人は誰もいない。）

誰もが「おめでとうございます」と言ってくれました。

いつも一緒にビールを飲んでいた人が入院した。

7

誰でも良いから、ちょっと手伝ってください。

あの人は口に入るものなら、何でも食べてしまう。

僕は誰とでも話します。

いつでも来てください。

そんな物はどこでも売っていますよ。

8

どんなに悲しくても、泣いてはいけません。

何回電話しても、あの人はいたことがない。

誰が来てもドアを開けてはいけません。

あの人はいつ行っても留守だ。

日本ではどこへ行っても人がたくさんいます。

お前が何を言っても俺はもう信用しないぞ。

山口さんは良い人でねえ、何時間待たされても決して怒りません。

とも

1 北野さんの兄弟は、三人とも医者だ。
この本の第一巻、第二巻とも千五百円だ。

2 入会金は、初年度会費とも四万五千円です。

3 きのうのパーティーには少なくとも二百人もの人が来たらしい。
遅くとも五時までには帰ってきて下さい。

4 どんなことがあろうと(も)、あなたについて行きます。(=「あっても」)
何が起ころうと(も)、あわててはいけない。(=「起こっても」)

5 あなたともあろう人が、なぜこんな簡単なミスをしたんですか。
大統領ともあろう人が、そんな悪いことをするはずがない。

6 「この電話、お借りしてもいいかしら。」「いいとも。いくらでも使いなさい。」
「本当にここは天国なの。」「そうだとも。嘘なんかつくものか。」

（★）しも～ない

必ずしも失敗に終わるというわけではない。

日本の経済が他の国に対して強くなったからといって、必ずしも日本人の生活が豊かになったとは限らない。

こんなにテレビが普及（ふきゅう）した世の中でも誰（だれ）しもテレビを持っているとは限らない。

人間であれば誰（だれ）しも死から逃（に）げられない。

C3　こそ

「初めまして。どうぞよろしく。」「こちらこそ、よろしく。」

この本は値段こそ安いが内容は全然だめです。

あの作家は日本でこそ有名だが、海外では全くの無名だ。

親友だからこそ、金を貸すわけにはいかない。

私は戦争で死にこそしなかったが、両足を失った。

あの男は人をだましこそすれ、絶対に殺したりしない。（＝「こそするが」）

C4　さえ

1　病気で水さえ飲むことができない。

日本語の先生でさえ漢字はときどき間違（まちが）える。

大学の先生でさえわからない問題を、あの子はすらすらと解(と)いてしまった。

2 水さえあればサボテンは何ヵ月でも枯(か)れない。
黙(だま)って座ってさえいればいいという、楽な仕事だ。

無事に生きてさえいてくれたら。

お金がありさえすればどこにでも行けるのだが……。

C5 でも

1 昔(むかし)は冬でもストーブなんかなかったものだ。
そんな簡単なことなら、小学生でもできる。

明日(あした)の実験がたとえ不成功でも、この計画は中止しない。（＝「失敗しても」）

雨天でも決行する。

せめて赤ん坊(ぼう)だけでも助けてあげたい。


誰(だれ)でも一つくらいは変な癖(くせ)があるものだ。

どんな悪人でも多少の良心は残っているものだ。

俺(おれ)は誰(だれ)の挑戦(ちょうせん)でも受ける！　さあ、どこからでもかかって来い。

竹下さんは人づきあいが上手(じょうず)だ。誰(だれ)とでもうまくやっていける。

このごろは世界中どこででも日本料理を食べることができる。

来週の会議には、一人でも多くの人に参加してもらいたい。
安売り店どうしの競争は、一円でも安く売った方が勝つ。
おひまならお茶でもいかがですか。
何もすることがないから、映画でも見て帰ろう。

C6 だって（＝「でも」）

そんなまずいもの、猫だって食べないよ。
こんな高価な服は、ハリウッドの映画スターだって持っていないよ。
こんな珍しい日本刀、日本にだってありはしない。

あの家はいつだってお客さんが来ている。
近ごろはどの女の子だって頭をポニーテールにしている。
あの娘は一度だって約束の時間通りに来たことがない。
今からだって遅くないから、電話してごらん。

C7 すら

勉強の仕方によっては、平仮名(で)すらなかなか覚えられない。
この冬は鹿児島(で)すら雪が降るほど寒い冬だ。
赤ん坊(で)すら泳げるのだから、泳げない人なんていません。

C8　ずつ

このページの漢字を十回ずつ書きなさい。

二人ずつ、前に出てきて、歌いなさい。

この薬は全部いっぺんに飲まないで、少しずつ飲んで下さい。

C9　ごと

1 十分ごとに熱を計って下さい。

食事ごとにお祈り（いの）をしましょう。

兄は外国を回る船の船長をしているが、港ごとに恋人（こいびと）がいるらしい。

2 この魚は骨ごと食べられる。

テロリストは、大使館ごと爆破（ばくは）して、中にいた大統領を殺した。

この冷凍（れいとう）食品は袋（ふくろ）ごと暖めてから、中身を出して食べて下さい。

C10　ごろ

明日（あした）十時ごろ来て下さい。

八月ごろ、一度国に帰ってこようと思っています。

C11　(っ)きり

1 日本はまだ東京と京都と大阪（おおさか）きりしか見ていない。

一日中一人きりで家にいると気がおかしくなりますよ。

2 きのう、夕飯を食べたきり、それから何も食べていません。

子供が学校に行ったっきり、帰らない。

中国語は大学の時二年間勉強したきりだから、ほとんど覚えていません。

嫌なことはこれっきりにしてほしい。

C12 なり

1 人にはその人なりの考え方がある。

それなりの価値がある。

2 たいていの人はすでにテレビなり、新聞なりを見てそのニュースを知っていた。

人に聞くなり、図書館に行くなりして、調べて下さい。

ついて来るなり、帰るなり、好きなようにしなさい。

3 彼女は私の顔を見るなり、わっと泣きだした。

C13 しか

グリーンランドは、氷と雪しかないのに「緑の土地」という意味である。

博士の最後の言葉はドイツ語だったが、そばにいた看護婦は英語しかわからなかった。

今日(きょう)は千円だけしか持っていない。

この国の言葉は国内でしか通用しない。


こんなにまで探しても見つからないのだから、もと来た道を引き返すしかない。

C14 (っ)たら

「佐藤さんったら、今度ヨーロッパに行くんですって。」

「うちの主人たら、ゴルフセットなんか買ってきたのよ。」

C15 ばかり・ばかし・ばっかし（形式名詞的用法は省く）

1 あの家の主人は毎日酒ばかり飲んでいて、ちっとも働かない。
近ごろの大学生は、遊んでばかりいて全然勉強しようともしない。

南さんはもう三十を過ぎているとばかり思っていたら、まだ二十六歳(さい)なんですって。

肉ばかりでなく、野菜も食べるようにしてください。

2 一ヵ月ばかり社用でヨーロッパに旅行することになった。
身長二メートルばかりの新人が我々のチームに入ってきた。

C16 など・なぞ・なんか・なんぞ

1 「この仕事は誰に頼みましょうか。」「花村さんなんかどうですか。」
英語の wear は日本語では「履く」「はめる」「かける」などになる。

2 お金なんか、受け取るわけにはいきません。
この忙しい時に酒なんか飲めませんよ。
そんな高価なものは私などには買えません、
あの人は、とても部長なんかになれる人材ではない。（=「になんか」）

C17 なんて

大統領がそんな悪いことをするなんて、とても信じられない。
セントリーなんて（いう）酒は聞いたこともない。

C18 だけ

1 コーヒーにはミルクだけ入れて、砂糖は入れません。
あの大事故で生き残ったのは慶子ちゃんだけだった。
このアヘンは持っていただけです。吸ってはいません。
これは二人だけの秘密にしましょう。
あなたにだけこっそり教えてあげます。他の人に言ってはいけませんよ。
私はスコッチだけではなく、バーボンも好きだ。（=（★）「…のみならず」）

2　できるだけのことはしてみるつもりだが、あとは天に祈るしかない。
今日どこかに泊まるだけの金はあるが、明日は何とか稼がなければならない。
あれだけの人柄だから、人に好かれて当たり前だ。
今日は息子の入学祝いなんですから、好きなだけ飲んで下さい。
悲しい時は、酒を飲めば飲んだだけ悲しくなるからやめなさい。
おばあさんは耳が遠いんだから、聞くだけ無駄というものです。

C19　のみ（→「だけ」）

1　（★）専門家にのみわかるような話はここではしないでほしい。
2　（★）この髪型なら和服のみならず洋服の時にも大丈夫だ。

C20　ぐらい・くらい（≒「ほど」）

1　きのうは五時間ぐらい勉強した。
小豆は、コーヒー豆くらいの大きさだ。
2　あなたぐらいせっかちな人も少ないですよ。
娘はやっと聞こえるぐらいの小さい声で答えた。
試験に落ちた時は、絶望して死のうかと思ったぐらいでした。
死にたいぐらい辛い。
風呂は熱いぐらいが好きだ。

3　コーヒーぐらいゆっくり飲ませて下さいよ。（×「ほど」）
コーヒーに塩なんか入れる変わり者は、君ぐらいだ。（×「ほど」）
私には荷物を運ぶぐらいしかお手伝いできない。（×「ほど」）

こんなみじめな生活を続けるくらいなら、死んだ方がいい。（×「ほど」）

C21　ほど

1　てんぷらも高いが、すしほどじゃない。
わが家ほど落ち着く所はない。

2　ステーキ用の肉を三百グラムほどください。
部長、三日ほど休みを下さい。

3　ヨガの修行僧（しゅぎょうそう）は死ぬほど苦しい修行（しゅぎょう）をする。
急に名前を呼ばれたので、飛び上がるほどびっくりした。

4　体の大きな人ほど気は小さいことが多い。
悪い人ほど外面（そとづら）は善人ぶっている。
美人ほど意地は悪いと言う人は多い。
テレビの画面は大きければ大きいほどいい。

平安時代には髪の毛が長くて濃いほど女性的だとされていた。

欧州は北に行けば行くほど町並みがきれいになる。

C22 ながら

1 他人事ながら黙って見ていられない。
残念ながらあなたは不合格です。

田中さんは、分かっていながらいつも同じ間違いをする。

2 テレビを見ながら宿題をやったので、たくさん間違えてしまった。
彼は新聞記者として働きながら、有名な小説をいくつも書いている。

D 文の切れ目や終わりにつく助詞

D1 ね（ねえ）・な（♠）（なあ♠）

1 「明日、来るよな。待ってるぜ。」
「よそみをしないでね。」

「君の意見は、どうかね。」

「じゃあね。」「うん、また明日ね。」

「じゃあ、さよなら。」「元気でね。」

2 「うーん、国際電話は高いなあ。」
「今日も暑いねえ。」「暑いわねえ。」

3 僕はその意見には反対だな。
行った方がいいと思うね。

D2 よ

「美津子、もう十時ですよ。寝なさい。」

「ねえ、明日は一緒にどこかへ行きましょうよ。」「明日は休めないんだよ。」

「おい。」「何よ。」

D3 さ

1 (♠)
「もしもし、今どこにいるの?」「渋谷さ。君も来るかい?」

2 (♥)
夫「君、このごろ同じような料理ばっかり作るなあ。」
妻「だから何だっていうのさ。忙しいんだから文句言わないでよ。」
夫「部長の奥さんの絵はうまいなあ。」
妻「何さ、あんな絵ぐらい、私だって描けるわよ。」

E　文の終わりにだけつく助詞

E1　な（♠命令・ぞんざい）

1　危ないところへは一人で行くなよ。
自分がやられたくないことは人にもするな。

2　さあ、早く行きな(さい)。（＝早く行け。）
早くしな(さい)。（＝早くしろ。）

E2　ぞ・ぜ（♠）

1　「さあ、時間だぞ。そろそろ出かけるぞ。」
「見ろよ、この車。つい、先週買ったばかりなんだぜ。」

「これから、一緒に六本木に行こうぜ。」

2　「これはどうも話がうますぎるぞ。」
「あれ、ドアが開いている。何か変だぞ。」

E3　わ

1　（♥）「あら、もう五時だわ。食事の支度をしなくちゃ。」
「あたし、新婚旅行はフランスとスイスとギリシャに行きたいわ。」

2　今日は朝から電車で足を踏まれるわ、さいふは落とすわで、まったくろくなことがない。
ひさしぶりに部屋をそうじしたら、出るわ出るわ、山のようにごみがたまった。

E4　い（♠）

あそこにいる人は誰だい。
きのうは映画に行ったのかい。
やあ、どうだい、元気かい。

E5　つけ

1　「アメリカからのお客さんがいらっしゃるのはいつだったっけ。」
「明日の試験は九時からだっけ。」

2　「あの頃、どのくらいお金があったっけ。」
「本田君のことを覚えてる？」「うん、昔よく一緒に飲んだっけ。今、彼はどうしてるんだろうね。」

E6　てば・ってば・て・たら

1　「いつまでお化粧してるんだい？　もう時間がないぞ。」「わかってるってば。もうすぐ終わるから、もう少しで。」
「行くの、行かないの。」「うるさいわねえ、行くってば。」

2 「ねえ、サリーちゃん、サリーちゃんったら。聞いてるの？」
「ねえ、ねえ、早く行こうってば。」

E7 かしら（♥）

1 ロミオは今ごろ何をしているのかしら。

2 「明日(あした)のパーティーには、何人ぐらい出席するかしら。」「約五十名です。」

3 早く八月にならないかしら。山に行きたいわ。

E8 かな（あ）（♠）

1 明日(あした)は晴れるかな。
今日(きょう)、アメリカからお客さんが来るんだが、ぼくの英語が通じるかな。

「鏡(かがみ)って、どうして左右反対に映(うつ)るんだろう。」「さあ、どうしてかなあ。」

2 「田中君、スミスさんは、日本語が話せるかな。」「全くだめだそうです。」
「君、英語はできるかな。」「ええまあ、少しぐらいなら……。」

3 明日(あした)は晴れないかなあ。ピクニックに行きたいんだ。
電話代がもっと安くならないかなあ。

E9

（だろう）に

火曜日は休みだと知っていたら、来なかっただろうに。

陽子さんほどの美女なら相手はいくらでもいるだろうに、なんで結婚（けっこん）しないのだろう。

第二章　格助詞の配列

1　「―が」

一本の竹がピカピカっと光りました。

おじいさんがびっくりして、竹の中を見ました。

小さい女の子が寝(ね)ています。

その子が光り輝(かがや)くほど美しかったので、人々はかぐや姫(ひめ)と呼びました。

朝は彼女(かのじょ)が早く起きて、御飯(ごはん)を作ります。

十五夜が近づいてきた。

2　「―に、―が」

昔々(むかしむかし)あるところに竹取りのおじいさんとおばあさんがおりました。

竹やぶの中にピカピカ光る一本の竹があったのです。

その竹の中にとても小さくて美しい女の子が座っていました。

その女の子にもおじいさんとおばあさんの喜びがわかったのでしょう。

意地悪な人は「かぐや姫(ひめ)に何ができる？　きれいなだけじゃないか」と言った。

かぐや姫(ひめ)にもひらがなが読めるようになった。

山の上に月が出た。

3　「―が、―が」

かぐや姫がおしるこが大好きなので、おばあさんはおしるこ作りの名人になった。
私がおしるこが食べたい時にはおばあさんがすぐ作ってくれます。
あの意地悪め、かぐや姫が蛇が嫌いなことを知っていてやったんだな。

4　「―が、―に」

おじいさんが竹やぶの中に入って行くと光っている竹が一本あったのです。
美しいかぐや姫のうわさが国中に広がった。
誰もがかぐや姫の美しさにびっくりしてしまうのでした。
かぐや姫がおじいさんとおばあさんの家に来てから三年たった。
おじいさんが金持ちになったのはかぐや姫が来てからのことだ。
私がその人に会って話してみましょう。
かぐや姫がおばあさんのひざに泣きくずれたので、おばあさんはびっくりしました。
おじいさんが姫に泣かせておいたのは姫の気持ちがわかっていたからでしょう。
おじいさんがその計画に熱中している間、おばあさんは一人で心配していた。

5　「―が、―へ」

かぐや姫の乗った天馬が天にのぼって行きます。

かぐや姫が家へ来てから家の中がすっかり明るくなった。
かぐや姫が月の世界へ帰ったので、おじいさんは生きる力をなくしてしまった。
天馬が月の世界へとのぼっていく。

6　「―が、―と」

かぐや姫が「月に帰りたくない」と思ったのは老夫婦への愛情があったからです。
私が月の使者と会ってみよう。
おおぜいの侍が月の使者と戦ったそうだ。
かぐや姫がその老夫婦の娘となって暮らしたのはほんの短い年月でした。
かぐや姫が人間の男と結婚していたら、月へ帰れなくなるところだった。

7　「―が、―を」

おじいさんが光る竹を切ってみると中に女の子がいたのです。
おじいさんがその女の子を連れて家へ帰ったのはまだ三時頃だった。
おじいさんとおばあさんがかぐや姫を育てるようになってから三ヵ月たった。
誰もがうっとりとかぐや姫の顔をみつめてしまいます。
かぐや姫が結婚の申し込みをみんなことわるのでおばあさんは心配しました。
老夫婦の何も知らない愛情がかぐや姫を悲しませた。
月からの使者が警護の侍達を眠らせたので老夫婦は何もできなかった。
かぐや姫を迎えに、月からの使者が夜空を舞い降りてきました。

8 「—が、—に、—を」

神様が私たちにこの子をさずけてくださったのだ。

（私たちが）次の品物を持ってきた方にかぐや姫をさしあげます。

男達がおじいさんとおばあさんのところに注文の品を持ってきた。

男達がかぐや姫に美の極地を見たのは無理もない。

おばあさんがかぐや姫に悲しむわけをたずねた。

おじいさんが侍達にかぐや姫の警護を頼んだ。

おじいさんが侍達にかぐや姫を警護させた。

侍達が弓に矢をつけると月が輝いて侍達は目がみえなくなった。

9 「—が、—を、—に」

おじいさんがかぐや姫のくれた不死の薬を火の中にくべてしまった。

おじいさんがかぐや姫をわがままな娘に育ててあげてしまったのだろうか。

その老夫婦が普通の百姓の娘を月からのお姫様に作り上げたんですよ。

あなたがかぐや姫の話をそのようにみているとは驚きですなあ。

10 「—が、—を、—と」

老夫婦が月からの使者の要求を不当なものとみなしたのは当然である。

おじいさんがかぐや姫を月の世界のものと思っていなかったのは確かです。

11　「する」と助詞の配列

イ　（かぐや姫の部屋は）いつもいい匂いがした。
（おじいさんは）その日朝からひどい頭痛がして、何もできなかった。

ロ　（かぐや姫は）青い目をしていた？　馬鹿なことを言うな。
何てきれいな顔をしているんだろう。

ハ　男達がぼんやりとしているって、いい気味だ。

ニ　男達が（かぐや姫に）親切にしたのは彼女が美しかったからだ。

ホ　そういう男達がかぐや姫をアイドルにしてしまったのです。

ヘ　老夫婦がかぐや姫を自分達の娘としてかわいがったのは本当です。

第三章　実践編——練習問題

〔一〕　A

紛らわしい助詞の使い分け

「は」と「が」

（だれが食べたの。）すみません。僕が食べました。（×「僕は」）
（今日は何がありますか。）今日はいいねぎがありますよ。（×「ねぎは」）
（どちらがお好きですか。）こちらが好きです。（×「こちらは」）

先生が君が書いた日記を読んでいたよ。（「先生は、×君は」）
田中さんが来た日は何日でしたか。（×「田中さんは」）
僕が行ったのにビールも出さないんですよ。（×「僕は」）

父は［（私が）寝ている間に］出かけた。
（私は）［父が寝ている間に］出かけた。

（日本女性の平均収入が少ない。）
↓日本が|女性が平均収入が少ない。
↓日本は|女性は平均収入は少ない。
（普通女子学生はテストで良い成績をとる。）
↓普通女子学生はテストでは|（×「でが」）良い成績は|（×「が」）とる。

練習問題〔一〕

一　（　）に「は」か「が」を入れなさい。（問題は第四章「裸の王様」にそったものである。）

1　昔、ある所にとてもお金持ちの王様（　）いました。その王様（　）おしゃれをするの（　）大好きなのです。
2　王様（　）来ると、みんなは一斉におじぎをします。
3　私は王様（　）子供の時からの友達です。
4　ある時、隣村から、世界で一番腕（　）いいという洋服屋（　）やって来ました。
5　洋服屋（　）王様（　）寝ている間に写真をとりました。
6　王様（　）寝ている時もおしゃれのことだけ考えています。
7　世界で誰（　）一番いい服を持っているか、と王様はたずねました。
8　「今日はもう時間（　）ありません。」と洋服屋は答えました。
9　王様は目（　）とてもきれいですね。

10 「この服とあの服とどちら（　）よろしいですか。」
「あの服の方（　）もちろんいい。」

11 洋服屋（や）（　）来た日（　）いつだったかな、と王様は私に聞きました。

12 このデザイン（　）おもしろいが、ちょっと派手すぎると思う。

13 「私（　）スパゲティにするが、お前たち（　）どうする。」
「そうですね。私たち（　）ハンバーガーです。」

14 王様はフランスへ（　）何度も行きましたが、日本へ（　）行ったことがありません。

15 「あっ、さいふ（　）ない。スリにすられたんだ。」

二 次の質問に答える時、（　）の中のどちらを使うのが正しいか。

1 日本で一番高い山はどこでしょうか。↓やはり富士山（が・は）一番高いでしょうね。

2 誰（だれ）が来たんですか。↓田中さん（が・は）来ました。

3 失礼ですが、あなたは佐藤さんですか。↓はい、私（が・は）佐藤です。

4 青森からおいでになった山下さんはいらっしゃいませんか。
↓はい、私（が・は）山下です。

三 正しい答えを選びなさい。

1 あなたは空飛ぶ円盤（えんばん）（ＵＦＯ）を見たんですか。
↓（a はい、見ました。　b はい、そうです。私です。）

2 あなたが空飛ぶ円盤（えんばん）（ＵＦＯ）を見たんですか。

↓（a　はい、見ました。　b　はい、そうです。私です。）

3　[写真を見て]　この眼鏡(めがね)をかけている人は誰(だれ)ですか。

↓（a　眼鏡(めがね)をかけている人が竹下さんです。　b　眼鏡(めがね)をかけている人は竹下さんです。）

4　[写真を見て]　どの人が竹下さんですか。

↓（a　眼鏡(めがね)をかけている人が竹下さんです。　b　眼鏡(めがね)をかけている人は竹下さんです。）

〔二〕「が」と「を」

ぼんやりいたずらがきしていたらね、こんなにりっぱな絵がかけた。（×「絵を」）

私はなんとしてでもあの男を半殺しにしてやりたい。（×「あの男が」）

僕(ぼく)はやっぱり日本の酒を飲みたいなあ。（≒「酒が」）

僕(ぼく)はやっぱり日本の酒を毎日君のような美人と飲みたいなあ。（×「酒が」）

犬のポチが水をほしがっているよ。（×「水が」）

「どうしたんですか？」「ええ、大切な本を盗(ぬす)まれて困っているんです。」（「本が」）

練習問題〔二〕

（　）に「が」か「を」を入れなさい。

1　洋服屋(や)は何としてでも王様（　）だましてやりたいと思った。

2　王様はいつも耳には可愛いイヤリング（　）、頭には真っ赤なリボン（　）、ひときわ目立つような格好で付けてみたくなった。

3　王様はいつもきれいな服（　）ほしくてたまらないのです。

4　王様はフランス語（　）少しできました。

5　いい服を作るにはお金と時間（　）たくさんいる。

6　この香水はいい匂い（　）する。これにしよう。

7　ねずみの洋服屋は猫（　）恐くてたまりませんでした。

8　おなかをすかせた猫がえさ（　）食べたがっています。

9　ちょっと、ドア（　）閉めてくれないか、風（　）入って来るし、みんなの声（　）聞こえてきて、うるさいんだよ。

〔三〕「が」と「の」

社長の奥さんがすごい美人だ。（×「社長が」）

社長の奥田さんがすごいやりてだ。（×「社長が」）

社長が買って来た本を読みましたか。（≒「社長の」）

どうしても酒が飲みたい日があります。（≒「酒の」）

練習問題〔三〕

（　）に「が」か「の」を入れなさい。

1 おしゃれ好き（　）王様には洋服屋の言うことは何でも正しく聞こえたのです。
2 王様（　）一日中どこかへ行っている時は、ねずみたちは何もしないで寝ていた。
3 とても腕（　）いい洋服屋がやって来た。

〔四〕「に」と「で」（場所・方向）

この学校に「七人の侍」がありますから、いつでも貸してあげますよ。
今晩この学校で「七人の侍」がありますから、見にきませんか。

あの人はまたその辺に寝ころがっていますよ。（その辺にいますよ。）
あの人はまたその辺で寝ころがっていますよ。

花子さんは今東京にいます。（×「東京で」）
花子さんは今東京で英語を勉強しています。（×「東京に」）
花子さんは今東京でホテルに泊まっています。（×「東京に」）
花子さんは東京に英語を勉強しに行きました。（=「東京へ」、×「東京で」）

花子さんは家にご飯を食べに帰った。（＝「家へ」、×「家で」）

練習問題〔四〕

一（　）に「に」か「で」を入れなさい。

1　王様の部屋（　）は世界中のおもしろい服がある。
2　王様の部屋（　）時々会議がある。
3　王様の部屋（　）は世界中の帽子が飾ってある。
4　王様は一日に一度は町（　）服を見に行く。

二（　）に「に」か「で」のどちらかを入れなさい。

1　田中さんは毎日会社の寮（　）帰ります。
2　あそこ（　）大きなビルが見えますね。私はあそこ（　）毎週映画を見ます。
3　今朝、新宿（　）火事があった。
4　私の父の会社は新宿（　）ある。
5　学校の机（　）絵を書いてはいけません。
6　あの窓口（　）名前と住所を書いて下さい。
7　その青い紙（　）名前と住所を書いて下さい。
8　田中さんは田園調布（　）土地を買った。
9　田中さんは田園調布（　）自転車を買った。

10 日本人はよく電車の中（　）まんがを読む。
11 堀辰雄は東京（　）住んでいた。
12 私の姉は東京（　）働いている。
13 父は千葉県の醬油会社（　）勤めている。
14 東京は道がこむので、みんなあまりバス（　）乗りません。
15 殺人犯は腕（　）怪我をしているので、見つけしだい通報して下さい。
16 澄み切った青空（　）雲がたった一つ浮かんでいる。
17 弟は部屋の壁（　）流行歌手のポスターを貼っている。
18 今年の夏は湿気が多くて畳（　）かびがはえてしまった。
19 あそこ（　）何か落ちている。
20 ハワイ（　）は、ずっとホテル（　）泊まっていました。
21 きのうの夕刊（　）、あなたの大学のことが出ていました。
22 きのうは上野動物園（　）パンダを見に行ってきました。
23 きのうは上野動物園（　）パンダを見ました。
24 富士山は日本（　）一番高い山です。
25 日本の能は海外（　）とても有名だ。
26 昨日、前首相が病院（　）死にました。
27 私たちの結婚式は生田神社（　）行います。
28 会議（　）何も言わないのは良くない。

〔五〕「に」と「と」（相互）

彼はそのことを中国側に話した。（＝中国側にその話を持って行った。）
彼はそのことを中国側と話した。（＝両方が集まって会談した。）
彼は花子と結婚したかった。（×「花子に」）
彼はカリフォルニアにいた時ひどい地震にあった。（×「地震と」）

太郎さんは花子さんに／と恋をしている。（「に」と「と」の意味の違いに注意）
次郎の手が花子さんの手に触れた。（×「手と」）

練習問題〔五〕

一　（　）に「に」か「と」を入れなさい。

1　ある洋服屋がふしぎな服のことで王様（　）相談に来た。
2　人のいい王様は、町に出ると時々スリ（　）あったりする。
3　王様の服（　）同じ服はどこにもない。
4　洋服屋は、今度のパレードについて、友達（　）電話で議論した。

二　（　）に「に」か「と」を入れなさい。

1　目撃者は事件の一部始終を刑事（　）話した。

2 憧れの映画スター（　）話すことができてとても嬉しかった。
3 知らない女の人（　）話しかけるのはとても恥かしい。
4 彼は嫌がる女性（　）むりやりキスをしてひっぱたかれた。
5 政子さんは会社の同僚の男性（　）結婚した。
6 日本にも、ヨーロッパ（　）同じ昔話がある。
7 アメリカやヨーロッパ（　）違って、日本では物を率直に言わない。
8 授業は火曜（　）木曜の九時からです。
9 千代の富士は明日朝潮（　）対決します。
10 日本人の考え方はアメリカ人の考え方（　）違います。

〔六〕 場所の「を」「で」「に」

山道	を|	×に	×で	ゆっくり登った。
階段	を|	×に	×で	一歩一歩登った。
廊下	で|	×に	×を	遊んではいけない。
廊下	×で	×に	を|	走らないで下さい。
東京タワー	×で	に|	×を	を登って、東京の町を見てみた。

練習問題〔六〕

（　）に適切な助詞を入れなさい。

1　この道（　）まっすぐ行くとお城が見える。
2　王様は道のまん中（　）行って、そこ（　）スピーチを始めた。
3　王様は台（　）降りて、馬車（　）乗った。
4　ニューヨーク（　）いる時はソーホーのバー（　）よく飲み歩いたものだ。
5　私の子供は水の中（　）サメのように泳ぎ回ります。
6　ニューヨークには家（　）追い出され、行くあてのなくなった子供達がたくさんいる。
7　こっそりホテル（　）出ようとしたところ（　）人に見られてしまった。
8　大企業の多くは日本（　）本社がある。
9　今日は一日中家（　）いるつもりです。
10　たいていの国が東京（　）大使館を持つ。
11　今晩は家（　）泊まってゆっくりして行って下さい。
12　お宅のお父さんはどこ（　）お勤めですか。
13　三番線（　）電車がまいります。
14　三番線（　）電車が通過します。
15　新宿（　）映画を見に行きませんか。

〔七〕

「時」を表す「に」「で」「φ」（何も言わない）

来週の日曜日にまたパレードがある。（「日曜日φ」）
王様は毎年一度海外旅行に行く。（×「毎年に」）
注文の服は今週中に仕上がるはずです。（×「今週中」）

王様は一日に一度は必ず洋服屋を見に行く。（「一日φ」）

学校は今日で終わりです。

パレードの練習はここまでで終わりにしよう。（×「ここまでに」）

練習問題〔七〕

一（　）に「に」「で」「φ」のどれかを入れなさい。

1　王様、洋服は今月中（　）できます。

2　パレードは明日（　）朝（　）十二時（　）始まる。

3　王様は一週間（　）十枚もの服を作る。

4　あと二、三日（　）退院できると思います。

5　大学まで電車で三十分（　）行けます。

6　今日速達で出しましたから、明日中（　）着くと思います。

7　あの品物は今日発送しましたから、三日以内（　）着くと思います。

8　三時（　）北鎌倉で会いましょう。

9　一時間後（　）またここに集まって下さい。

10　あと五日（　）待望のクリスマスだ。

二（　）内に「に」が必要な時は入れなさい。

1　明日（　）、墨田川で花火大会が開かれる。

2　毎月（　）一回は部屋の掃除が必要である。

3　月（　）一回は部屋の掃除が必要である。

4　週（　）一度はふとんを干しましょう。

5　きのう（　）私は初めてお好み焼きを食べました。

6　毎日十一時半（　）寝ます。

7　私はずいぶん長い間（　）弟に会っていない。

8　私は昭和三十三年（　）生まれた。

9　今日は午前中（　）ずっと忙しかった。

10　今日は午前中（　）買物をすませた。

11　この三日間（　）殺人事件が四件も続いた。

12　この三日間（　）雨が降りっぱなしだった。

13　せめて日曜日くらい何もしないで一日中（　）寝ていたい。

14　この仕事は一年中（　）忙しくて暇なしだ。

15　今年中（　）あのビルは完成する予定です。

16　宿題は今日中（　）終わらせて下さい。

17　何年（　）大学を卒業しましたか。

18　何年（　）かかって大学を卒業しましたか。

19　郵便局はどこ（　）ですか。

20　銀行はどこ（　）ありますか。

〔八〕「と」と「や」

田中さんと／や中西さんが結婚した。(「と」と「や」の意味の違いに注意)

犬や猫などがいます。(×「犬と」)

春には赤や白や黄色や、いろいろな色の花が咲きます。(×「赤と」、×「白と」、×「黄色と」)

「けち」と「貧乏性」はどう違うんでしょうね。(×「「けち」や」)

この間のパーティーには川田君や冬木君、その他大勢の人が来ていた。

練習問題〔八〕

どちらか正しい方を選びなさい。

1 洋服屋は糸（と・や）針（と・や）はさみしか持っていなかった。
2 王様の机の引出しには、宝石（と・や）イヤリング（と・や）指輪など、いろいろ入っています。
3 白雪姫（と・や）王子は結婚しました。二人はきっといい夫婦になるでしょう。
4 王様のスピーチは子供（と・や）年寄り（と・や）王様の家来しか聞いていなかった。
5 きのうのパーティーに来たのは平坂さん（と・や）安富さんだけだ。

〔九〕「まで」「までに」

お昼までにこれをすませて下さい。

お昼までこれを続けて下さい。

お昼まででこれを終わらせて下さい。

［参考］

列車が東京に着くまでずっと食べていた。

列車が東京に着くまでに食事をすませてしまおう。

「先生、宿題はいつまでに提出ですか。」「三月三十一日までです。」（×「三十一日までに」）

「銀行は何時まで開いていますか。」「午後三時までです。」（×「三時までに」）

練習問題〔九〕

一　正しい方を選びなさい。

1　明日七時（まで・までに）ここに来て下さい。

2　きのうは十時（まで・までに）ずっと勉強しました。

3　今日は九時（まで・までに）たっぷり寝たからとても元気です。

4　銀行は三時（まで・までに）ですが、二時半（まで・までに）入らなければお金を出すことはできませんよ。

5　明日、クラスに来る（まで・までに）このページの単語を全部覚えて来て下さい。

6　機械は、動かなくなる（まで・までに）使うことにしている。

7　二十歳（さい）になる（まで・までに）お酒を飲んではいけない。

二　正しい文になるように上と下を結びなさい

1　a　四時まで　　　　　イ　終わりにしましょう。
　 b　四時までに　　　　ロ　帰ってきてください。
　 c　四時までで　　　　ハ　勉強しましょう。

2　a　雨がやむまで　　　イ　部屋（へや）でテレビでも見ていよう。
　 b　雨がやむまでに　　ロ　仕事を片付けてしまおう。

3　a　二十歳（さい）になるまでに　イ　たばこを吸ってはいけない。
　 b　二十歳（さい）になるまで　　ロ　将来の職業を決めなさい。

4　a　明日（あした）まででいいから　イ　その本を貸して下さい。
　 b　いつまででもいいから　　　　ロ　読み終わったら返して下さい。

〔一〇〕数　量

きのうのパーティーにアメリカ人が三人来ました。（×「三人が」）

きのうのパーティーに三人のアメリカ人が来ました。（×「三人」）

ビールが二本あります。（×「ビールを」）

ビールを二本下さい。（×「ビールが」）

練習問題〔一〇〕

一 正しいものを選びなさい。ϕは助詞が何も入らないことを示す。

1 ある日、王様のところへ洋服屋が（二人・二人が）来ました。

2 きれいな服を作るのに二週間（が・ϕ）かかった。

3 服に一億円（が・を・ϕ）保険をかけた。

4 服に一億円の保険（が・を・ϕ）かけた。

5 王様は、いつもお金（が・を・も）十万円（が・を・ϕ）持っている。

6 人が大勢（が・ϕ）いますね。

7 大勢（が・の）人がいますね。

8 ビールを（三本・三本を）下さい。

9 パレードには千人（もの・しかの・だけの）人が参加した。

10 王様は靴を五千足（も・を・をも）持っている。

11 みかんをひとつ（を・ϕ）食べました。

12 白雪姫は毒りんごを一口（を・ϕ）食べました。

13 コーヒーを二つ（を・と・ϕ）、紅茶を三つ（を・と・ϕ）下さい。

14 「きのうは三時間（しか仕事をしなかった・も仕事をした）ので、すっかり疲れてしまった。」と王様は言った。

15　ゆうべ火事があって、人が五人（を・も・が）死んだ。

二　次の文の、aとbが同じ事実を述べているときは○、そうでない時は×を（　）の中に入れなさい。（「だけ」「しか」「も」などが関係する場合）

1（　）a 私は今、五千円持っています。
　　　　b 私は今、五千円しか持っていません。

2（　）a 私は今、五千円しか持っていません。
　　　　b 私は今、五千円だけしか持っていません。

3（　）a たばこばかり吸ってはいけません。
　　　　b たばこしか吸ってはいけません。

4（　）a この本は一万円もします。
　　　　b この本は一万円します。

5（　）a 二十分もすれば出来上がります。
　　　　b 二十分すれば出来上がります。

6（　）a いいビデオデッキは二十万からする。
　　　　b いいビデオデッキは二十万する。

三　正しい方を選びなさい。

1　伊藤さん姉妹は（両方とも・二人とも）美人だ。
2　あの家では、親子（とも・も）保険会社に勤めている。
3　この店は、三百年（とも・も）続いている有名なしゃぶしゃぶの店だ。
4　佐藤さん（と・とも）石川さんは、二人（とも・も）音楽家だ。
5　佐藤さん（と・も）石川さんは音楽家です。
6　犬のジョンが子供を五匹（も・とも）産んだ。子犬たちは五匹（も・とも）元気です。

四　次の文を読んで、それに合うものには○を、合わないものには×をつけなさい。

酒屋へウイスキーを買いに行った。一本二千円もしたので、六本しか買えなかった。

1（　）ウイスキーは高かった。
2（　）五本だけ買った。
3（　）六本買った。
4（　）ウイスキーは必要なだけ買えた。

〔二〕原因の「に」「で」「から」

練習問題〔二〕

「に」「で」「から」のどれかを入れなさい。

1　社長は胃潰瘍（　　）入院している。
2　退屈な毎日（　　）飽きて、冒険を求めている人が多い。
3　疲れ（　　）重い病気になることもあるので気を付けて下さい。
4　船長の不注意（　　）船が衝突して大事故になった。
5　エイズ（　　）死ぬ人がますます増えてきた。
6　きのうは腹痛（　　）学校を休んだ。
7　少女は寒さで（　　）ふるえながらマッチを売っていた。

〔三〕「から」と「より」

練習問題〔三〕

aとbが同じ意味を表すものに○を入れなさい。

1（　　）{ a　佐和子さんは誰からも愛されている。
　　　　　 b　佐和子さんは誰よりも愛されている。

2 ( ) { a 長野県から東を関東地方と呼ぶ。
b 長野県より東を関東地方と呼ぶ。

3 ( ) { a 当日は菅原先生から先に入って下さい。
b 当日は菅原先生より先に入って下さい。

4 ( ) { a 宮本さんの家は私の家からは遠い。
b 宮本さんの家は私の家より遠い。

5 ( ) { a ハンバーグとスパゲティお願いします。あ、それからサラダを二皿。
b ハンバーグとスパゲティお願いします。あ、それよりサラダを二皿。

6 ( ) { a 月からの使者がかぐや姫を迎えにきた。
b 月よりの使者がかぐや姫を迎えにきた。

7 ( ) { a あとで飲むから今食べた方がいい。
b あとで飲むより今食べた方がいい。

〔三〕「に」と「へ」

練習問題〔三〕

傍線部の「に」で、「へ」と置き換えられるのはどれか。

1 詳しいことは部長さんに言ってあります。

2 巨大な熊が突然野田村に現れた。

3 西ドイツに切手を送ることはできない。
4 仕事の都合で、大阪に引越することになった。
5 設計図は敷島博士に渡しました。
6 この仕事は金田君に頼みましょう。
7 政府は毎年優秀な人材をブラジルに派遣している。
8 大塚さんは日曜日に釣りをしに行きます。
9 林先生は日本語を教えにニューギニアに行った。

〔四〕「に対して」と「にとって」

練習問題〔四〕

正しい方を選びなさい。

1 東京での生活は、物価が高いので留学生（に対して・にとって）大変です。
2 私（に対して・にとって）一番楽しいのはお友達とおしゃべりをしている時だ。
3 先生は、学生（に対して・にとって）公平でなくてはならない。
4 私（に対して・にとって）一万円は大金です。
5 日本は、もっと外国（に対して・にとって）関心を持たなくてはならない。
6 私たちは、体の不自由な人（に対して・にとって）親切にしなければいけないと思います。
7 クリスマスは私（に対して・にとって）一番楽しい日です。

8　わが社（に対して・にとって）今、最も必要だと思われるのは若くて有能な人材だ。
9　外国人（に対して・にとって）カタカナの言葉は漢字より難しいかもしれない。
10　あなたにはどうでもよいことかもしれないが、私（に対して・にとって）は大問題だ。
11　私（に対して・にとって）失礼な口の利き方は許さない。

〔五〕「こそ」と「さえ」

練習問題〔五〕

一　「こそ」か「さえ」のどちらかを使って次の文のどこかを強調しなさい。

例　君のためを思っているから、敢えて忠告しているんだ。
→君のためを思っているからこそ、敢えて忠告しているんだ。
君が私のそばにいてくれれば、他に何もいらない。
→君さえ私のそばにいてくれれば、他に何もいらない。

1　あの子は自分の名前を書けない。
→（　　　　）
2　これが本当の日本料理だ。
→（　　　　）
3　命が無事ならそれでかまいません。

4 このの島がキャプテン・クックが宝を隠した島だ。
↓（　　　　　）

5 あの少年は、大学の先生がわからない問題を解いてしまった。
↓（　　　　　）

6 遅刻をしなければあなたは本当にいい生徒なんですがねえ。
↓（　　　　　）

7 今年はがんばって試験に合格したいと思う。
↓（　　　　　）

8 人間ばかりか、馬に馬鹿にされた。
↓（　　　　　）

二 傍線部を「こそ」か「さえ」を使って書き換えなさい。

例 子供でもできます。↓子供でさえできます。

1 この砂漠にはサボテンも生えていない。
↓（　　　　　）

2 勝ちはしたが、満足できるような試合内容ではなかった。
↓（　　　　　）

3 こんな小学校ですら立派な体育館があるのに、何で私の大学には体育館がないのだろう。
↓（　　　　　）

↓（　　　）

4 この町には、デパートどころか商店街もない。

↓（　　　）

〔六〕「ごろ」と「ぐらい」

練習問題〔六〕

正しい方を選びなさい。（「ぐらい」については「形式名詞」の巻も参照。）

1 どろぼうが入ったんですか。いくら（ぐらい・ごろ）盗まれましたか。
2 明日のパーティーには何人（ぐらい・ごろ）来そうですか。
3 きのう、三時（ぐらい・ごろ）お客さんが来ました。
4 昨晩、三時間（ぐらい・ごろ）停電しました。
5 一日（ぐらい・ごろ）また来ます。
6 「この仕事は何日かかりますか。」「一日（ぐらい・ごろ）かかります。」
7 きのうは十時間（ぐらい・ごろ）寝ました。
8 きのうは十時（ぐらい・ごろ）寝ました。

〔七〕「だけ」「ばかり」「しか」（「形式名詞」の巻も参照）

パレードまでもう一週間しかない。（×「一週間だけ」）

＝パレードの日まであと一週間だけある。（×「一週間しか」）
王様はきれいな服のことばかり考えている。（×「服のことしか」）
＝王様はきれいな服のことしか考えていない。（×「服のことばかり」）

練習問題〔七〕

正しいものを選びなさい。

1 もう夏休みもあと三日（だけ・しか）ない。
2 また夏休みはあと三日（だけ・しか）残っている。
3 千円（だけ・しか）あれば買えます。
4 千円（だけ・しか）ないから、買えません。
5 交通の便が悪いから、バスで（だけ・しか）行けません。
6 彼女は料理が下手だけど、カレー（ばかり・だけ・しか）は上手だよ。
7 彼女は料理が下手で、カレー（ばかり・だけ・しか）作れない。
8 この間、ぼくがほめてから、妻はずっとシチュー（ばかり・だけ・しか）作るんだ。もういい加減、飽きたなあ。
9 甘いもの（ばかり・だけ・しか）食べていると虫歯になりますよ。
10 彼女はやせようとして、毎日サラダ（ばかり・だけ・しか）で過ごしている。
11 彼女はやせようとして、毎日一度（ばかり・だけ・しか）食事をしない。
12 私の国は貧乏だが、食べること（だけは・しか）不自由していません。

13　私のクラスで青山大学に合格したのは、彼一人（だけ・しか・ばかり）だった。

14　旅行に行きたい人（だけ・しか・ばかり）ここに残ってください。

〔八〕場所・方向を表す助詞の総合問題

練習問題〔八〕

一（　）の適切な助詞を選びなさい。なおφは何も入らないことを示す。

1　ここ（から・を）新宿駅（まで・までに）歩いて五分ぐらいだ。

2　太陽は東（から・を）出て、西（に・まで）沈む。

3　刑事が私を捜しにバス（に・を）乗ってきたので、あわててバス（を・へ）降りた。

4　私の父は大学（を・から）出て、すぐに文部省の研究所員になった。

5　部屋の窓（から・に）富士山が見えます。

6　新宿（で・に）映画を見に行きました。

7　オーストラリア（に・へ・φ）の航空便は、日本からだと最低三日はかかる。

二　次の文の、aとbが同じ事実を述べているときは○、そうでないときは×をつけなさい。

1　（　）
- a　その角を右へ曲がって下さい。
- b　その角で右へ曲がって下さい。

2 （　　）a 休日は海に潜っています。
　　　　　b 休日は海で潜っています。

3 （　　）a 運転手さん、あの道を行って下さい。
　　　　　b 運転手さん、あの道に行って下さい。

4 （　　）a 富士山に雪が降る。
　　　　　b 富士山で雪が降る。

三

a 下の地図は「裸の王様」のパレードの案内図である。地図を見て、パレードの行列が通る道順を説明しなさい。なお、（　）に何も入らない時はφを入れなさい。また、解答は一つとは限らない。

王様の宮殿（1　　）出て、聖マシュウ通り（2　　）北（3　　）まっす

ぐ歩いて行って、最初の角（4　）左（5　）曲がる。すると大きな通り（6　）入るので、この道（7　）通って、二つ目の四つ角（8　）また左（9　）折れ、公園を右（10　）見て三百メートル（11　）まっすぐ行く。マリラ通り（12　）横切ってパン屋（13　）角（14　）曲がり、マルコ橋（15　）渡って広場（16　）入る。

2　王様はパレードの帰りに洋服屋に寄りました。洋服屋は広場から行くと、マリラ通りの二つ目の角で曲がって百五十メートルほど歩いた所で、道の左側にあります。この洋服屋の位置を地図に記入しなさい。

〔九〕

「誰」「何」「いつ」「どこ」［…＋か／も／でも］

「王様は何も着ていない！」とある子供が叫んだ。

「これは大変だ！　誰かわしの服を持っていないか」と王様は家来達に聞いた。

「おしゃれな服じゃなくていい。何でもいいから、着るものを取ってくれ」と王様はあわてふためいた。

［参考］　疑問文と答え方（助詞の重なりの順序にも注意）

誰か来ましたか。――いいえ、誰も来ませんでした。

何か食べるものはありませんか。――何も食べるものはありません。

誰かと話していましたか。――いいえ、誰とも話していませんでした。

何を食べましょうか――何でもかまいません。

誰と行きたいですか。――誰とでもかまいません。

練習問題〔九〕

一　正しいものを選びなさい。

1　おなかがすきましたね。（何か・何も・何でも）食べましょう。
2　私は食べ物の好き嫌いがありません。（何か・何も・何でも）食べます。
3　「（何か・何も・何でも）見えますか？」「いいえ、（何か・何も・何でも）見えませんよ。」
4　「（何か・何も・何でも）面白いことはありませんか。」「さっぱりありません。」
5　くつが脱いであるけど、（誰か・誰も・誰でも）来ているの？
6　中曽根さんは有名だから、（誰か・誰も・誰でも）知っています。
7　きのうの会議は（誰か・誰も・誰でも）来なくて開かれませんでした。

二　正しいものを選びなさい。

1　今でもまだ世界の色々な所で戦争があるけど、（いつか・いつも・いつでも）戦争のなくなる日が来ると思う。
2　「この本、いつお返ししましょうか。」「（いつか・いつも・いつでも）かまいませんよ。」
3　今度の休みに（どこか・どこへ・どこでも）行きませんか。
4　どこ（にも・でも）いいから旅行へ行きたい。
5　どこ（にも・でも）行かないで家で寝ていたい。

三　正しい方を選びなさい。

1　その映画は（一度も・何度も）見たことがある。

2　その部屋（へや）は空（から）っぽだ。（一人も・何人も）いない。

3　「日本には（何回・何回も）行ったことがあるんですか。」「いえ、たった二回です。」

4　その列車には誰（だれ）も乗って（いる・いない）。

5　箱（はこ）の中には何も（ある・ない）。

〔二〇〕　助詞の重なり

練習問題〔二〇〕

正しい方を選びなさい。

1　三時（までに・にまで）会場に入って下さい。

2　彼（かれ）は多額の借金があるので、日曜日（までに・にまで）働かなければならない。

3　あの人は大学（までに・にまで）行ったのに、手紙一つまともに書けない。

4　トレーシーさんだけじゃなくて、ペネローペさん（にも・もに）計画を話しておいて下さい。

5　香港（ホンコン）ドルは、香港（ホンコン）（でしか・しかで）使えない。

6　この洗濯（せんたく）機は、スタートボタンを押（お）す（だけで・でだけ）終わりまですべてやってくれる。

7　この男は「犯人は……。」（だけと・とだけ）言って、死んでしまった。

8　ホテルの主人の話では、その日、泊（と）まったのはその男（だけと・とだけ）いうことです。

9 兄は誰（とも・もと）結婚しないで一人で暮らしている。
10 屋久杉という木は屋久島（でしか・しかで）育たない。
11 受験勉強は他人と闘うと言うより、自分（との・のと）闘いだ。
12 サマンサちゃんはソ連の書記長（にの・への）手紙で有名になった。
13 あの娘は恋人（のから・からの）手紙をいつも大切に持っている。
14 年上の女性（との・のと・と）結婚は案外うまく行くことが多い。
15 柔道の国際試合の決勝戦は日本人同士（と・の・との）闘いとなった。
16 国籍の違う人（との・のと・と）結婚すると、いろいろ苦労することがある。
17 特別試合として、韓国人（との・の・と）日本人（のと・の・と）合同チームが結成された。
18 天気がいいから、鎌倉（にでも・でも・でもに）行きませんか。

〔三〕助詞以外の表現との言い換え

練習問題〔三〕

次の傍線部の表現について、次の助詞を用いて書き換えられるもののみ書き換えなさい。

使用する語　だけ・って・まで・と・か

1 申し込み書には返信用封筒及び六十円切手を添えること。
2 このコンテストに入賞した人は、土田さん、それから小島さんです。
3 運送料は、五キロ以内なら五百円です。

4　渡辺さんはコピーを取って下さい。それから、山田さんは書類を整理して下さい。

5　申し込み書はボールペンあるいは黒の万年筆で記入すること。

6　明日は晴れだそうだ。

7　この記念コインは郵便局又は銀行で申し込みができます。

8　この券は当日限り有効です。又、駅から出ない限り払い戻しができます。

9　ネルは知らない人にお金を貸して逃げられた。人に親切をするにもほどがある。

〔三〕接続の形に注意する問題

練習問題〔三〕

正しい方を選びなさい。

1　この事件については、後で佐藤先生（による・によって）説明を聞いて下さい。

2　この事件は佐藤先生の努力（による・によって）解決された。

3　アメリカ（による・によって）パナマ計画をコロンビア政府が拒否した。

4　木村君が会社の今月の売上げ（に関する・に関して）報告した。

5　この間の会議で、貿易摩擦（に関する・に関して）の報告が発表された。

6　この図書館には経済学（について・についての）本がたくさんあります。

7　寺村先生は日本語文法（について・についての）もう三冊も本を書いた。

8　南野さんはお医者さん、つまり病気を（なおす・なおすの）仕事をしています。

9　民主政治は人民（のための・のために・のため）政治だ。

10 民主政治は人民（のための・のために）行われる。
11 勉強は自分（のための・のために・ための）するものです。
12 勉強は自分自身（のための・のために・ために）ものです。
13 日本で仕事をする（のために・ために）日本語を勉強しています。

〔三〕文末表現など

練習問題〔三〕

一　正しいものを選びなさい。

1 「一体きのうはどこにいたんですか。」「家にいました。うそじゃないんです（か・ね・よ）。」
2 「中村さん、いますかねえ。」「留守（るす）じゃないです（か・ね・よ）。鍵（かぎ）がかかっていますよ。」
3 「穴（あな）が空（あ）いてるじゃない（か・ね・よ）。こんな服、着ていけないよ。」

二　正しいものを選びなさい。文頭のマークはそれぞれ男性話者(♠)、女性話者(♥)を表す。

1 ♥それ、私のコート（わ・よ）。
2 ♥そろそろ出かける（だわよ・わよ・よ）。
3 ♠そろそろ行こう（ぞ・ぜ）。
4 ♥あなた、この間指輪を買ってくれるって言った（よねわ・わねよ・わよね）。
5 ♠「それは何（か・だ・だか）。」♥「コンパクトカメラ（よ・ぜ）。」
6 ♠「今日は何曜日だ（い・か）。」♥「日曜日だ（よわ・わよ）。」

三　次の会話について、問いに答えなさい。

問　Aは男ですか、女ですか。また、Bの友達ですか、先生ですか。

1　A「おや、それは何だい。」
　　B「小型マイクよ。会議の時、これで声のメモをとるのよ。」

2　A「ああ、明日晴れないかしら。」
　　B「明日は何かあるんですか。」

3　A「ここでタバコを吸うなよ。」
　　B「わかってるったら。」

四　性別と上下関係に注意して、次の会話の（　）の中から適切なものを選びなさい。

1　寺西（♥学生）「（ねえ・なあ）、伊東さん、井ノ口先生は明日来る（わよ・かしら）。」
　　伊東（♥学生）「来る（か・かしら・かどうか）来ない（か・かしら・かどうか）、わからない（ぞ・わ）。中西先生に聞いて（よ・わ）。」

　　寺西（♥学生）「（ねえ・なあ・あのう）、先生、井ノ口先生は明日いらっしゃいます（か・かね）。」

　　中西（♥先生）「いいえ、井ノ口先生は別の大学に行くはずです（ね・さ・よ）。」

2
吉田（♠部長）「（ねえ・平田君）、この書類を営業部に持って行ってくれない（よ・か・ぞ）。」

平田（♠部下）「はい、わかりました。営業部です（か・ね・な）。」

吉田（♠部長）「それと、出す前にコピーをとっておいてくれない（かしら・かな）。」

平田（♠部下）「何枚（か・かです・だか・ですか）。」

吉田（♠部長）「五枚（も・は）あればいい（よ・ぜ）。」

平田（♠部下）「はい、かしこまりました。」

3
清水君（♠学生）「明日（あす）の日曜日、何（か・も・しか）することがないや。ひまだ（なあ・わあ）。映画（でも・が）見に行かない（か・ね）。」

岡田君（♠学生）「そうだ（なあ・ぜ）、僕（ぼく）はテストがあるから、やめておく（な・よ）。」

清水君（♠学生）「テスト（なんか・って）どうでもいいじゃない（か・ね）。」

岡田君（♠学生）「そうもいかないんだ。祐子（ゆう）さん（なんか・でも）誘（さそ）ったらどう（か・だい）。」

清水君（♠学生）「そうだ（な・さ・よ）、そう（するね・するか）。」

清水君（♠学生）「祐子（ゆう）さん、明日映画を見に行かない（かい・かしら）。」

祐子（ゆう）さん（♥学生）「そう（だな・な・だね・ね）、午後（は・なら）いい（だわよ・わよ・よわ）。」

清水君（♠学生）「じゃ、三時（に・ぐらい）渋谷（しぶや）で会える（かな・な）。」

祐子さん（♥ 学生）「三時半じゃだめ（かい・かしら・だわ）?」

清水君（♠ 学生）「いい（だよ・よ）。」

祐子さん（♥ 学生）「じゃ、明日。」

B 書き換え・作文問題

一 「が」を使って例のように書き換えなさい。

例 沖縄で買ってきたこのお酒は、なかなかおいしいでしょう。

↓このお酒は沖縄で買ってきたんですが、なかなかおいしいでしょう。

1 私の先生がこの小説を書いたんですが、ちっとも面白くありません。

↓（　　　　）

2 今度家の近くに開店したレストランはなかなかサービスがいいですよ。

↓（　　　　）

3 五反田にある私の会社は、通勤が不便でこまります。

↓（　　　　）

4 まだまだ元気な私のおじいさんは、今度乗馬を習うそうです。

↓（　　　　）

5 大学の時の友達の有馬さんは、もう結婚して子供がいるんです。

↓（　　　　）

二　文を続けて完成させなさい。

1　テレビを買いに、（　　）。
2　私は一週間に（　　）。
3　田中さんは、日本人にしては（　　）。
4　松原(まつばら)団地に行くには、（　　）。
5　化学実験に際(さい)しては、（　　）。

三　傍線部(ぼうせんぶ)の「に」が「から」と置き換(か)えられるときだけ、置き換(か)えなさい。

1　先生に手紙を差し上げました。
2　そのことは、もう田上(たがみ)君に聞きました。
3　会社までの道は、部長さんに教えていただきました。
4　今週中に藤田さんにこのレポートを渡(わた)しておいてください。
5　あの子は、母親にひどく叱(しか)られて泣いていたよ。
6　僕(ぼく)は小さい時、大きな犬にかみつかれて以来、犬が恐(こわ)い。
7　この着物は母にもらったんです。
8　日本では新学期は四月に始まる。

四　「に」で「こと」を書き換(か)えることが可能なときだけ書き換(か)えなさい。

1　やることはやったんですが、全部終わりませんでした。

2　見ることは見たんですが、つまらない映画でしたよ。
3　行くことは行ったけど、疲れただけだったよ。
4　作品は一応通読することはもちろんだけど、つまらなければ採用しません。
5　やることはやったから、あとは運を待つしかない。

五　次の文中の「によって」を他の言葉を使って書き換えなさい。

1　円高によって留学生の生活は苦しくなった。
↓（　　　）
2　ポンペイの町は大地震によって破壊された。
↓（　　　）
3　この都市はフランス人によって設計された。
↓（　　　）
4　不正行為は法律によって禁止しなければならない。
↓（　　　）

六　次の文中の「から」を可能なときのみ「より」「で」「に」などに置き換えて、文を書き換えなさい。

1　太田先生から年賀状をいただきました。
2　第一章が終わったから、来週から第二章に入ります。
3　たばこの消し忘れから大火事になった。
4　豆腐は大豆から作る。

5 おつうさんは村のみんなから好かれている。
6 教師になったのは、夏休みが長いからです。
7 そのことは北野さんから聞きました。
8 来週から夏休みだから、どこかへ行こうと思っています。
9 これから避難(ひなん)訓練を行う。

七

次の文の適当なところに「は」を入れて、意味が通るようにしなさい。必要なら、接続の形も変えなさい。

1 「中国と台湾(たいわん)に行ったんですってね。」
「いいえ、行ったのは中国だけで、台湾(たいわん)へ行きませんでした。」
2 このテープレコーダーは完全に直りませんでしたが、一応、動きます。
3 「その本は、もう読みましたか。」「読みましたが、全然わかりませんでした。」

八

次の各文に、（　）内の言葉を加えて書き換(か)えなさい。できるだけ「も」を使いなさい。

1 中野さんはギターが上手(じょうず)だ。（ピアノ）
↓（　　　　　　　　　　　　）
2 窓を開けて下さい。（ドア）
↓（　　　　　　　　　　　　）
3 ジョンさんが京都に行きました。（ハビエルさん）
↓（　　　　　　　　　　　　）

4 ジョンさんが京都に行きました。（奈良）
↓（　　　　　　　　　　　　　　　　）

5 日本語は、文法が難しい。（漢字）
↓（　　　　　　　　　　　　　　　　）

6 この料理は、はしで食べられます。（フォークで）
↓（　　　　　　　　　　　　　　　　）

7 授業中は、たばこを吸ってはいけません。（物を食べる）
↓（　　　　　　　　　　　　　　　　）

8 私は漢字が読めます。（書ける）
↓（　　　　　　　　　　　　　　　　）

九

「…も…も」の形で答えなさい。

例 古いお寺があるのは京都だけですか。
↓いいえ、大阪にも鎌倉にもありますよ。

1 海外旅行をしたことがないのですか。
↓いいえ、（　　　　　　　　　　　　　　）。

2 今度のオリンピックに参加するのはアメリカとヨーロッパ諸国だけですか。
↓いいえ、（　　　　　　　　　　　　　　）。

3 おいしいワインが買えるのはフランスだけですか。

↓いいえ、（　　　　　　　　　　　　）。

一〇　「動詞（連用形）＋もしないのに」「〜でもないのに」の文型を用いて書き換え、後半を完成しなさい。

例　働かないのに↓働きもしないのに、あの人はお金をたくさん持っている。

1　手伝わないのに↓（　　　　　　　　）
2　知らないのに↓（　　　　　　　　）
3　できないのに↓（　　　　　　　　）
4　英語を話せないのに、↓（　　　　　　　　）
5　小説家じゃないのに↓（　　　　　　　　）
6　ひまじゃないのに↓（　　　　　　　　）

一一　次の文で述べられているものを、それぞれ具体例を挙げて書き直しなさい。

例　大学の生協で文房具（ぶんぼうぐ）を買った。↓大学の生協でペンやノートを買った。

1　ヨーロッパの国に旅行したい。
↓（　　　　　　　　　　　　）
2　肉ばかりでなく、野菜も食べなくてはいけない。
↓（　　　　　　　　　　　　）
3　酒が大好きです。

↓（　　　　　　　　　　　　）

4　代々の<u>アメリカの大統領</u>の行動は立派だと思う。

↓（　　　　　　　　　　　　）

二　こんな時、どう言いますか。「やら」を使って言いなさい。

例〔どんなにがんばっても漢字がおぼえられない〕

↓いつになったら漢字がおぼえられるのやら！

1〔一人娘（むすめ）がいつになっても結婚（けっこん）しない。〕

↓（　　　　　　　　　　　　）

2〔主人がいつまでも帰ってこない。〕

↓（　　　　　　　　　　　　）

3〔病気がなかなかなおらない。〕

↓（　　　　　　　　　　　　）

三（　）内の表現を「さえ」を用いて書き換（か）えなさい。

1「レポートは三十枚以内ですね。」「いいえ、（あなたがいい）ば、もっと書いて下さってかまいません。」

2「どうすれば申し込（こ）みができるんですか。」「簡単です。（ここに名前を書く）ば、いいので

↓（　　　　　　　　　　　　）

す。」

3　↓（　　　　　　　　）

「どんな人と結婚したいですか。」「ぜいたくは言いません。（私を愛してくれる）ば、それでいいのです。」

4　↓（　　　　　　　　）

「この漢字は書けなくてはいけませんか。」「いいえ、（読める）ば、十分です。」

↓（　　　　　　　　）

一四　（あなたが男だとして）親しい友達と話しているとき、次のような時は何といいますか。

1　友達がお酒を飲み過ぎるとき。

（　　　　　　　　）

2　真面目な話をしたいのに、相手が冗談ばかり言うとき。

（　　　　　　　　）

3　話の内容を二人だけの秘密にしたいとき。

（　　　　　　　　）

4　あなたの手紙を友達に見られたくないとき。

（　　　　　　　　）

一五　次の会話を口語体の男言葉、女言葉に改めなさい。

1　♥すぐ行くわよ。↓♠（　　）
2　♠それは私の本だよ。↓♥（　　）
3　♠おい、行くぞ。↓♥（　　）
4　♥もう十時だわ。↓♠（　　）
5　♠じゃまた、元気でな。↓♥（　　）
6　♠原君は来るかなあ。↓♥（　　）

一六　次の各文は助詞の使い方が一ヵ所不自然なところがある。自然な日本語に書き直しなさい。

1　銀行へ行きました。と、お金をおろしました。
↓（　　）
2　この本は難しいと高い。
↓（　　）
3　あんな人を見ていると本当に悲しいと不愉快(ふゆかい)です。
↓（　　）
4　この船の中でとても暑い。
↓（　　）
5　西さんはアメリカに日本語の先生だったけれど、日本に帰ってからは英語を教えている。
↓（　　）
6　有名大学から卒業した。
↓（　　）

7　「会社を作ったそうですね。」「いやあ、会社と言っても三人だけ勤めているんです。」
↓（　　　）

8　郵便局はどこにある知りませんか。
↓（　　　）

C　用法認識問題

一　次の例と同じ「が」の用法の文を下から選びなさい。

例　これは「鬼焼きせんべい」と言うんですが、私の町の名産なんです。

a　富山のますずしはおいしいんですが、こう古くては食べられません。

b　「鬼押し出し」という名所に行ってきましたが、本当に鬼が作ったような岩がありました。

c　草加のせんべいは有名ですが、野田のせんべいはあまり知られていません。

二　次の各組の「が」の中で一つだけ用法の異なるものがある。それを指摘せよ。

1（　　）
a　難しい漢字が書ける。
b　窓が開いている。
c　新車が買いたい。

2（　）
a 駅でずっと待っていたんですが、とうとう佐藤さんは来ませんでした。
b これは父からもらったんですが、ずいぶん高価なものだそうです。
c 島田さんは小さいが、バスケットボールの選手だ。

3（　）
a 私は目が見えないのだが、あまり不便には思わない。
b この歌を歌っている時が、私は一番幸せだ。
c あそこに建っているのが、イグナチオ教会です。

三　次の「によって」のうち、用法の異なるものが一つだけある。それはどれか。

1（　）
a ピラミッドの秘密の通路が今回の調査によって発見された。
b トロイの遺跡（いせき）はシュリーマンによって発見された。
c 減税プランが政府によって発表された。

2（　）
a 引力の法則はニュートンの実験によって明らかになった。
b 同じ科目でも先生によって使用する教科書が違（ちが）う。
c 物体と物体をぶつけることによってエネルギーを得られる。

四　次の「とか」のうち、一つだけ違（ちが）うものがある。それはどれか。

1 そう言えば来るとか来ないとか言っていたが、よく覚えていない。
2 小説を書くとかテレビに出るとかして有名になりたい。
3 牛肉とかねぎとか買ってきてあったから、今夜はきっとすきやきだ。

五

同じ「でも」が二つだけある。それはどれとどれか。

1　列車の切符(きっぷ)は、駅ばかりでなく交通公社でも買える。
2　お茶でもいかがですか。
3　父は歯医者だ。でも、虫歯がある。
4　私は好き嫌(きら)いがなく、何でも食べる。
5　テレビでも見ながら祐(ゆう)子さんを待ちましょう。

第四章 総合問題

一 次の童話を指示にしたがって完成しなさい。

(1) （　）の中に適切な助詞を書きなさい。ただし、複数の答えが可能な時もある。

(2) 〔　〕の中から適切な助詞を選びなさい。ただし、φは何も入らないことを示す。

『裸の王様』

むかしむかし、ある小さな村①（　）とてもおしゃれな王様②（　）いました。この王様③（　）毎日、毎日、新しいセーター[a]〔や・も・と〕ズボン[b]〔も・や・し〕くつを身につけ、村中の人達[c]〔を・が・は〕羨しがらせていました。そして、自分が世界[d]〔で・に・の〕一番おしゃれだ④（　）言いふらすのでした。

ある日、二人[e]〔の・φ・が〕仕立屋⑤（　）王様の所[f]〔に・で・は〕やってきて、「私達は世界で一番腕のいい仕立屋です!」と王様に言いました。そう聞いた王様は、「わしは世界で一番、おしゃれなのだ。ぜひ、このわし⑥（　）似合う、世界一、きれいな洋服を作ってくれ。お金はいくら[g]〔も・でも・か〕払うから。」⑦（　）仕立屋⑧（　）頼みました。仕立屋は、「私達の作る服

は、誰(だれ)⑨（　）でも見えるという物ではありません。本当のおしゃれ⑩（　）分かる人に[h]〔だけ・しか・は〕見えないのです。王様、大丈夫(だいじょうぶ)でしょうね！」⑪（　）答えました。でも、本当は、この人たちは洋服⑫（　）作れないのです。実は、この仕立屋(したてや)はねずみだったのです。そうとは知らない王様は、「このわし[i]〔に・は・を〕分からないおしゃれ[j]〔とか・なんか・や〕ある[k]〔ものか・もんだ・かしら〕。今すぐ、洋服を作ってくれ。」⑬（　）、命令しました。

ねずみの仕立屋(したてや)は、早速、王様⑭（　）針と糸をもらい、毎日、王様の「洋服作り」[l]〔に・で・を〕励(はげ)むことになりました。王様[m]〔は・が・の〕洋服を見に来ると、「素晴らしいでしょう！　たくさんきれいな色[n]〔が・は・の〕あって！」とねずみ達は言うのでした。でも王様には、何[o]〔か・も・が〕見えませんでした！　自分は本当のおしゃれ[p]〔が・を・に〕分からないのだろうか⑮（　）不安になりました。けれども、そんなこと[q]〔を・が・は〕この仕立屋(したてや)⑯（　）知られてはいけないと思い、「ああ、とってもきれいな服だ[r]〔ぞ・わ・わね〕。」と答えるのでした。

そうして、一週間が過ぎました。ねずみの仕立屋(したてや)は、「王様、やっと洋服⑰（　）出来ました。どうぞ、今すぐ、お召(め)し⑱（　）なって下さい。」と、とても誇(ほこ)らしげに、王様に言いました。

「とってもよくお似合いですよ！」

「色とりどりで、なんと素晴らしい洋服でしょう！」

「本当におしゃれ[s]〔が・は・を〕分かる人に[t]〔は・だけ・しか〕見えないんです。」

王様は王様で、おしゃれ者としての誇り[u]〔に・を・は〕傷を付けられては大変⑲（　）ばかりに、「ああ、素晴らしい[v]〔わね・ぞ・のよ〕！　本当にきれいだぞ！」と何度⑳（　）答えるのでした。でも、本当は、王様は、裸だったのです。

この日、村㉑（　）はパレード㉒（　）あり、王様は、その一番前㉓（　）歩くこと㉔（　）しました。「このきれいな洋服をよく見るがいい。」と言いたそうに、胸を張って歩く王様を見て、村人達は「とてもきれいなお召し物ですね。」と口を揃えて王様に言いました。王様の気分を損ねてはいけないからです。すると、突然、そこ㉕（　）小さな子供㉖（　）やって来て、「どうして王様は、裸[w]〔なの・なんだ・だよ〕？」と聞きました。それを耳㉗（　）した大人達は、その子供の耳もとで「もう一度言ってごらん。」と静かに言いました。子供は、今度は、大きな声㉘（　）、「裸だよ、王様は！」と言いました。そして、みんなが見ると、やはり王様は本当に裸でした。みんな、大声で笑いこけました。王様も、やっと気㉙（　）つきました。ねずみの嘘を信じて、こんな事になってしまったこと[x]〔に・は・を〕。でも、王様は、どうすること[y]〔が・も・は〕できません。パレード㉚（　）終わる[z]〔まで・までに・と〕裸のままで歩き続けなければならないのでした。

二　次の童話を指示にしたがって完成しなさい。

(1)（　）の中に適切な助詞を書きなさい。ただし、複数の答えが可能な時もある。

(2)〔　〕から適当な助詞を選びなさい。ただし、φは何も助詞が入らないことを示す。

『うさぎとかめ』

むかしむかしの動物の世界のお話です。ある村に、とても足の速い白うさぎ①〔は・が・の〕いました。このうさぎ②〔は・が・の〕、「世界中③〔に・は・で〕一番速いのは私よ！　私ほど速く走れるもの④〔が・は・の〕どこにもいない⑤〔よ・ぜ・のよ〕！」と、毎日、自慢するのでした。それを聞いた他の動物⑥〔は・が・の〕うるさそうな顔⑦〔が・を・は〕すると、うさぎは「私より速く走れるって言うの？　だったら、競走しようじゃない。」と言うのです。でも、誰一人、そんなうさぎ⑧〔に・と・は〕、競走なんかしたくありませんでした。それをいいことに、うさぎは明けても暮れても、「世界中⑨〔で・に・へ〕一番速いのは私よ！」と、吹聴して回るのでした。

ある日、一匹⑩（　）大きなかめ⑪（　）この白うさぎのいる村にやって来ました。のそのそとゆっくり歩くかめ⑫（　）見つけるや否や、白うさぎは、かめの所まで一目散に走り、「世界中⑬（　）一番速いのは私よ！」と大きな声で叫びました。「私より速く走れる者⑭（　）どこにもいないのよ！」それを聞いたかめは、びっくり⑮（　）せず、ゆっくり歩きながら、うさぎ⑯（　）話しかけました。「うさぎさん、君⑰（　）世界で一番速く走る、っていうのは本当かい？」「そうよ、私より速く走れる者は世界中どこにもいない⑱（　）！」とまた、自慢しました。

「そう言うなら、ぼくと一度競走しよう⑲（　　）？」と、かめは言いました。「あなた⑳（　　）競走！」うさぎは笑いだしました。「私㉑（　　）勝つに決まっているのに？　でも、あなたが競走してみたいって言うんだから、やってあげましょう。」「明日の朝、十時㉒（　　）、ここからあの向こうの山の頂上㉓（　　）いいかい？」と、かめは答えました。

次の朝、十時㉔（　　）なりました。

「用意、ドン！」

うさぎは、おもいっきり走りだしました。かめはその後㉕〔を・で・に〕のそのそとついていきました。ところが、うさぎは、すぐに、息㉖〔は・を・が〕きれて、とても疲れてしまいました。「かめさんはまだあんな所㉗〔を・に・へ〕のそのそと歩いているのね。あれじゃ、寝ているの㉘〔と・に・は〕同じだわ。まだまだここまで来られないから、少し昼寝をして待とう㉙〔かな・かよ・よ〕。」とうさぎは言って寝てしまいました。

かめはゆっくりですが、一度㉚〔φ・も・ほど〕休まず一生懸命歩き続けました。しばらくして、うさぎ㉛〔が・は・も〕寝ている所に着きました。かめは何㉜〔か・も・を〕言わず山の頂上㉝〔まで・に・で〕向かって、静かに黙々と歩き続けました。

うさぎが目㉞〔が・を・は〕覚ましました。でも、その時、かめはもう山の頂上㉟〔で・に・を〕着いていました。かめは、山の上から、「うさぎさん、ほら、見てごらん。世界で誰㊱〔は・が・の〕一番速いか。」と言って大きな声で笑いました。

三　次は日本に古くからある「桃太郎」のお話です。指示にしたがって正しい助詞の使い方を学習しなさい。

(1)（　）の中に適切な助詞を書きなさい。ただし、複数の答えが可能な時もある。なお、φは、助詞が何もつかないことを示す。

(2)〔　〕から適切な助詞を選びなさい。

(3)《　》の中の助詞は何らかの理由で間違っています。正しい形に直しなさい。

『桃太郎』

むかしむかし、ある所（1　）おじいさんとおばあさん（2　）いました。おじいさん（3　）、毎日、山（4　）木を切りに、おばあさんは川へ洗濯（5　）行くのでした。おじいさんとおばあさん（6　）は、子供（7　）いませんでしたので、いつも、子供がいればいいなあ（8　）思っていました。

ある日、おばあさん（9　）川（10　）洗濯をしていると、大きな大きな桃（11　）流れてくるではありませんか。おばあさんは、「こんなに大きな桃（12　）見たことがない。なんとおいしそうな桃なんでしょう。きっとおじいさんも、食べたい[13]（　）ちがいない。」と言いながら、そばにあった木の枝を使って、桃を引き寄せました。おばあさんは、両手[14]（　）その桃[15]（　）抱えて、急いで家まで帰りました。それを見たおじいさんも大喜び！「おいしそうな桃だなあ！さあ、さあ、おばあさん、さっそく食べよう。」と、おじいさんは大きな包丁で桃[16]（　）まっ二つ[17]（　）割りました。すると、驚いたこと[18]（　）、その桃からは、元気な男の子[19]（　）出てきたのです。おじいさんとおばあさんは、とっても喜びました。

「この子は仏様[A]〔から・の・からの〕授かり物だ。名前は、何[B]〔に・か・を〕しよう[C]〔や・かしら・かな〕。」とおじいさんは、おばあさんにたずねました。

「桃[D]〔から・で・に〕生まれたから桃太郎[E]〔を・と・に〕呼びましょう。」とおばあさんは、答えました。

　桃太郎はおばあさん[F]〔も・は・が〕作るきびだんごを食べて、みるみるうちに大きくなりました。とっても強くて、かしこい子供になりました。ある日、鬼が島[G]〔の・で・に〕住む鬼[H]〔は・が・も〕、おじいさんとおばあさんの村に突然やってきて、畑を荒らし回りました。そのうえ、村人のお金や服を全部[I]〔を・φ・は〕盗み、村の人々[J]〔は・を・に〕大変困らせました。桃太郎は、「これは、いけない。今すぐ鬼が島へ行って、みんなのお金や食物や服[K]〔を・や・と〕取り返して来なくちゃあ。」と言いました。そして、おばあさん[L]〔に・が・は〕作ってもらったきびだんごを腰[M]〔で・へ・に〕付けて、鬼のせいばつ[N]〔へと・と・は〕でかけました。しばらく歩くと、白い犬[O]〔は・が・の〕一匹[P]〔φ・が・は〕ついてくるのに気付きました。犬は、桃太郎のきびだんごをじいっと見て、「桃太郎さん、桃太郎さん、お腰につけたきびだんご、一つ[Q]〔を・φ・は〕私に下さい。」と言いました。

「村の人達が鬼が島の鬼たち[R]〔が・に・は〕畑[S]〔が・は・を〕荒らされてとても困っているから、

今、鬼の退治[T]〔に・へ・は〕鬼が島に行くところなんだよ。いっしょについてくるなら、きびだんごをやるよ。」と桃太郎は答えました。「ワンワン！」犬は、「行きます、行きます！」と言って、きびだんごをもらいました。しばらくすると、今度はきれいなきじ[U]〔が・は・の〕すうっと飛んで来ました。このきじも、きびだんご[V]〔は・を・が〕大好きで、それを見たとたん、「桃太郎さん、桃太郎さん、お腰につけたきびだんご、私にも一つ[W]〔φ・を・は〕下さい。」

「あげるよ、あげるよ、ぼくたちといっしょに鬼の退治[X]〔は・が・に〕できるなら、あげるよ。」

「できます、できます！」

それから、桃太郎と犬ときじ[Y]〔の・は・が〕しばらく歩いていくと、今度はとてもすばしこそうな猿[Z]〔が・は・の〕やってきて、

「桃太郎さん！　お腰につけたきびだんご、ぼくにも一つ下さい！」と言いました。

「あげるよ、あげるよ、鬼のせいばつ[ZZ]〔に・を・が〕ついてくるならあげるよ。」桃太郎は犬ときじと猿を連れて、元気いっぱい、鬼のせいばつに向かいました。

鬼が島にやっとたどり着きました。桃太郎は、「鬼①《が》どこだ。村の人達の大切な食物や服②《が》どこ③《で》やったのだ。今すぐ、みんな、返せ。」とどなりました。犬はとても恐ろしい顔④《が》して、鬼たち⑤《を》吠えつきました。

「すぐ返さないと、おまえたちの目⑥《に》このくちばしで突き刺すぞ！」ときじが叫びました。

「おまえたちの顔をおもいっきりひっかいてやるぞ」と猿が言いました。

鬼たちも負けじとばかりに、桃太郎たち⑦《を》襲いかかりました。でも、桃太郎の巧みな剣さばき⑧《を》はとても勝てません。犬やきじ⑨《へ》もかないません。どんなにがんばっても、顔

をひっかかれ、目を突き刺され、どうすることもできません。鬼の大将は顔⑩《が》傷だらけにして、「桃太郎さん、どうぞ、許してください。村の人達の食物や服やお金は全部⑪《を》返しますから、もう、決して悪いことはしませんから。」といってあやまりました。

「そうか、それなら、許してやろう。二度⑫《は》悪いことをするんじゃないぞ！」

それから、村の中は、桃太郎の鬼せいばつのおかげでとても平和になりました。

四　次の童話を指示にしたがって完成しなさい。

(1)（　）に適当な助詞を入れなさい。ただし、複数の答えが可能な時もある。

(2)〔　〕から適当な助詞を選びなさい。ただし、φは何も助詞が入らないことを示す。

『塩ふきうす』

むかしむかし、ある所①（　）お百姓さんの兄弟②（　）いました。弟は村一番の正直者でした[a]〔が・のに〕、お兄さんはとても欲張りでみんな③（　）嫌われていました。ある日、弟④（　）お兄さんの家に来て、「お兄さん、お米を少し貸してくれない[b]〔かい・かね〕。お米がすっかりなくなったんで。」と頼みました。でも、お兄さんは「うるさい！お前⑤（　）やるものなんか何⑥（　）ない！」と言って、弟を追い返すこと⑦（　）しませんでした。

弟はすっかり元気をなくし、とぼとぼと家へ向かって歩き始めました。ところが、しばらく歩いている[c]〔と・なら〕、ふと、みすぼらしいかっこう⑧（　）したおじいさん⑨（　）会ったのです。おじいさんは、「ここから少し行ったところに小人の国があるんだが、そこにいって、『動く石』をもらっておいで。」と言いました。そして弟⑩（　）まんじゅう⑪（　）手渡すとスーと消えて見えなくなりました。

弟は小人の国⑫（　）すぐ見つけました。小人達[d]〔は／が／も〕いっしょうけんめい働いているところ⑬（　）よく見えました。「君達は、ここで、いったい何をしているん[e]〔か・の・だい〕？」と弟が聞きました。小人達は、とてもびっくりしました。「ごめん、ごめん、驚かして。みんな出てきてください。何[f]〔も・か・φ〕悪いことはしないから。」と弟は言いました。小人達は恐る恐る出てきて、「薪を集めて冬のしたく[g]〔φ・を・が〕しているんです。」と答えました。「あっ、そうか。それじゃあ、手伝ってあげよう！」と弟は言って、たくさん薪を集めてきました。

そうこうしていると、弟の懐（ふところ）h〔で・に・から〕、おじいさんからもらったおまんじゅうが落ちてきました。小人（こびと）達は「あっ！　おまんじゅうだ！　おまんじゅうだ！　僕（ぼく）達⑭（　）大好きなおまんじゅうだ！　僕（ぼく）達にも、少しください！」と言いました。弟は少し考えてから、「何かと交換（こうかん）できないi〔かしら・かな〕？」と答えました。「ここにある宝物はどうです。好きなものを自由に選んでください。」と小人（こびと）達が言いました。弟はおじいさんj〔で・から・によって〕言われた『動く石』をもらって家に帰りました。

『動く石』というのは、石うすだったのです。本当に、こんな物って、値打ちがあるのかな、と弟は思いました。すると、おじいさんの声⑮（　）急に聞こえてきました。「この石うすは右⑯（　）回すと、何でも欲しいもの⑰（　）出てくる。そして、左⑱（　）回すと、止まる。上手（じょうず）に使うんだよ。」

弟は石うすを右⑲（　　）回して、「お米、出ろ！　お米、出ろ！」と言いました。すると、石うすから、お米がたくさん出てきました。そして、左⑳（　　）回すと止まりました。「わあ、すごい！　馬でも出てくる[k]〔かしら・かな・ぞ〕？」と思ってうすを回すと、馬[l]〔も・が・から〕出すことができました。弟は、見る見る[m]〔まえに・うちに・までに〕大金持ちになりました。でも、貧乏の時のことを忘れることはありませんでしたから、貧しい人達[n]〔に・を〕、お米や、まんじゅうを石うすから出してあげるのでした。

この様子を見た欲張りの者のお兄さんはこの石うす㉑（　　）欲しくてたまらなくなりました。そして、ある夜、弟の家から石うすを盗んで、船㉒（　　）乗って遠くへと行ってしまいました。弟のまんじゅうも、盗んで食べてしまいました。このまんじゅうは、たいへん甘いまんじゅうだったので、お兄さんは、少し塩㉓（　　）欲しくなりました。石うすを右㉔（　　）回して、「塩出ろ、塩出ろ！」と言いました。すると塩がたくさん出てきました。山[o]〔ほど・ぐらい・ばかり〕出てきました。「止まれ！　止まれ！」とお兄さんは何度も言いましたが塩は止まりません。左㉕（　　）回すことを知らなかった[p]〔から・ので〕です。

欲張り者のお兄さん㉖（　　）乗せた船は、とどめなく出てくる塩の重み㉗（　　）海の底へと沈んでしまいました。と言うわけで、それ以来海の水は塩辛くなったということです。

五　次の《　》内の助詞は何らかの理由で正しくない。適切な形に直し、できればその理由も述べなさい。なお、ϕは何も助詞が入らないことを示す。

『三匹の子豚』

むかしむかし、ある所①《で》かわいい三匹の子豚の兄弟②《は》いました。子豚達③《が》、もう大きくなったので、お父さんとお母さん④《を》離れて自分達だけ⑤《φ》住むことになりました。一番上のお兄さん豚⑥《が》わらで家を作りました。それはとっても早くできました。二番目のお兄さん豚は木の家を作りました。この家⑦《をも》とっても早くできました。でも、一番下の弟豚はれんがで家を作ることにしました。この豚はれんがだと狼⑧《は》来ても絶対大丈夫だと考えた⑨《ので》です。お兄さん達⑩《へ》もそう言いましたが、二人とも笑って、耳を貸しませんでした。

「れんがの家も木やわらの家⑪《から》、ちっとも違わないぞ！」と言いました。「その上、れんがの家は作るのに時間がかかる⑫《と》ね。」と言うのです。

でも、弟豚は毎日、いっしょうけんめい、せっせとれんがを積み上げ、最後にはとても丈夫で立派な家を作りました。

ところが、その間、お兄さん達⑬《が》ずっと遊んでいたのです。そして、丸々⑭《も》太っていくお兄さん豚達を狼⑮《を》森の中⑯《より》じっと見ていました。お兄さん達は、ますます太ってきました。お腹⑰《が》すかせ、すっかり、やせこけた狼⑱《は》この上もないごちそう⑲《と》見えました。

狼は、まずはじめに、一番上のお兄さん豚の家に来て、「開けろ！　俺は、狼だ！　今開けないと、俺様の息でお前の家を倒してしまう⑳《わよ》！」と言う㉑《なら》、思い切り息を吹いて、

わらの家を吹き倒しました。驚いたお兄さん豚は、弟の木の家㉒《を》一目散に逃げていきました。狼はその後㉓《で》追いかけ、そして、また、「開けろ！　俺は狼だ㉔《わよ》！　お前達を食べに来た！　今開けない㉕《ば》俺の息でこの家㉖《が》吹き飛ばす㉗《のよ》！」と言うやいなや、思い切り、息を吹いて、木の家も倒してしまいました。二人のお兄さん豚㉘《が》弟㉙《は》作ったれんがの家まで走って逃げました。

狼はまたその後㉚《に》追いかけていきました。そして、また、「開けろ！　俺は狼だぞ！　お前達を食べに来た！　今開けなかったら俺の息でこの家を吹き飛ばしてしまうぞ！」と言って、力いっぱい息を吹きました。でも、このれんがの家はびくともしません！　フーフー何度吹いても、れんがの家はこわれません！

疲れはてた狼はあきらめて、森の中㉛《まで》帰ってしまいました。そして、それ以来子豚達の所には姿㉜《が》見せなくなりました。家を失った二匹のお兄さん豚は弟㉝《は》作ったれんがの家で三人㉞《が》仲良く暮らすことになりました。

六　次のエッセイを完成しなさい

(1)　①～⑭の〔　〕から正しいものを選びなさい。

(2) a～fの《　》の中の助詞を正しい形に直しなさい。

(3) g～oの（　）に適切な助詞を入れなさい。ただし、複数の答えが可能な時もある。φは何も入らないことを示す。

『ふぐは食いたし命は惜しし』

外国人①〔にとって・は・の〕不思議なことの一つに、命②〔の・が・に〕関わるかもしれないと言われているふぐ料理③〔が・を・の〕好む日本人が非常に多いということ④〔が・は・で〕ある。それも、猛烈な毒を持った虎ふぐの消費量は毎年数十万トン⑤〔へ・もに・にも〕及ぶという。しかし、それ⑥〔と・で・に〕同時に、ふぐ中毒⑦〔で・から・に〕死ぬ人の数も毎年百人⑧〔から・で・は〕下らない。人間国宝⑨〔に・を・が〕まで指定された歌舞伎俳優の坂東三津五郎が新春顔見せの後、京都、木屋町の料亭⑩〔で・に・は〕虎ふぐを食べて亡くなった話は余りにも有名である。東京、大阪、京都⑪〔など・とか・や〕の大都市、あるいは「ふぐのメッカ」と言われている下関には、昔から何代⑫〔だけ・も・φ〕続くふぐ料理の老舗がたくさんある。このような日本人のふぐ好きには外国⑬〔にも・へも・も〕よく知られており、アメリカの地理学会誌 *National Geographic* ⑭〔にも・へも・も〕数年前に大きく取り上げられたことがある。

それでは、何a《が》動機として日本人はこの様に危ない目b《に》してまでふぐの味を追い求めるのであろうか。いわゆるふぐ通と言われる人c《が》よると、しびれるほど毒d《を》回って来た時に初めてふぐの本当の味e《を》わかるという。つまり、危なければ危ないf《ぐらい》おいしいということであろうか。しかし、ふぐ博士g（　）知られる北浜喜一氏は、そう都合よくふぐの毒h（　）もって舌がしびれるようなことはなく、ふぐ中毒はその症状（しょうじょう）の軽い重い（ i ）関わらず不快極まりないものだと断言する。従って、むしろ、ふぐのあっさりした味とプリプリした皮の持つ舌ざわり、刺身（さしみ）から雑炊（ぞうすい）（ j ）いたるまで様々な形の料理として楽しめる、いわば、一口（ k ）は言い表せない味（ l ）日本人は引かれるのではないかということだ。つまり、未知のものの真の姿を探し求めよう（ m ）する科学者、あるいは、探検家の持つ動機（ n ）通じるものと言えるわけだ。と言っても、ふぐ料理を愛する人達がみんな死を覚悟（かくご）（ o ）真の味を究明しようとしているとは決して言えないであろうが。

第五章　解　説

ここでは第一章各論の解説をする。そのため番号は第一章のものと同じにしてある。

A　基本的に動詞とつながって文を構成する助詞

A1　が

「名詞が…述語」という単文では、「述語」はすべて「名詞が」についての記述として見ることが出来る（例「鎌田先生のお嬢さんがこの本のイラストを描きました」）。述語が形容詞のような状態詞の場合には「名詞」は新しい情報を表すものとなる（例「井口先生が一番若い」）。「が」が文に後続して（接続詞として）現れる場合には、その文が話し手の主眼点をなすものではないことを表す（例「私が北川ですが、ご用件は何でしょうか」）。文型の面から見ると現代語では大体三つに分けられる。

1　（能動文の）動作の主体・主格を表す。例「観光客がたくさん来る。」
　動詞の終止形に直接接続することがある。
　例（★）言わぬが花（ことわざ）／負けるが勝ち（ことわざ）

2　対象格を表す。（「たい」「可能」など少数の限られた表現に関して）例「中国語が少しわかる。」

注「たがる」の時は「を」は「が」に変わらない。

例 私はすきやきが（「を」）食べたい。
けんいち君はすきやきを（×「が」）食べたがっている。

3 接続詞として使う。（＝「けれど」、「けど」、「けども」、「けれども」）
逆接 例 何時間も話し合ったが、結論は出なかった。
逆接でないもの（順接）例 こちらは五代（ごだい）と申しますが、響（きょう）子さんはいらっしゃいますか。
注 この他に慣用例（「接続の表現」の巻参照）
例 …しようが…しまいが（↓「と」）
泣こうがわめこうが

4 連体格（★）（稀（まれ））＝「の」と同じ 例 わが家

A2 を

「を」は、動詞が表す動作・事柄（ことがら）に必然的に関わってくる「対象」を指定することに使われる。

1 動作を受ける対象を示す。例 ブルータスがシーザーを殺した。
注 この「を」は一文中に二回以上出ることはない。（×「日本語を勉強をする。」）
例 演劇を勉強している。／演劇の勉強をしている。
ペンキで壁（かべ）をぬる。／ペンキを壁（かべ）にぬる。

［参考］まちがえやすい助詞
「を」――会社（を）休む・音楽（を）聞く・恋人（こいびと）（を）待つ

「が」――酒（が）好きだ、嫌いだ、ほしい、要る・日本語（が）できる、わかる

「に」――馬（に）乗る・友達の家（に）電話をする・親（に）似ている

2　場所を表す。

移動などをする場所 例「スーパーマンは空を飛べる。」

通り過ぎる点 例「丸の内線は四谷を通りますか。」

出る場所など 例「渋谷駅で電車を降りて下さい。」

3　慣用的用法（抽象的・漠然とした空間・状況を表すもの。2から発展した用法）

その他の慣用的用法として。

例 お忙しいところを、どうもすみません。／「我が道を行く」という主義。／危ないところを助けられた。／何をぐずぐずしているんだ。／何をそんなに怒っているの？

この他に、（★）をもって＝「で」

例 四月一日をもって課長に任命する。

A3　に

動詞の表す事柄・状態がある時間的・空間的な「場」または（主文の主語ではない）動作主に関わって起こる時、「に」はそのような場・動作主

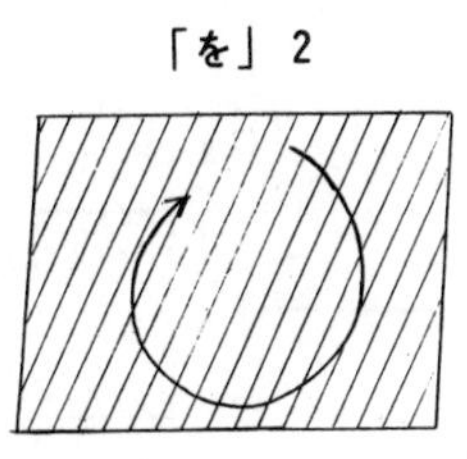

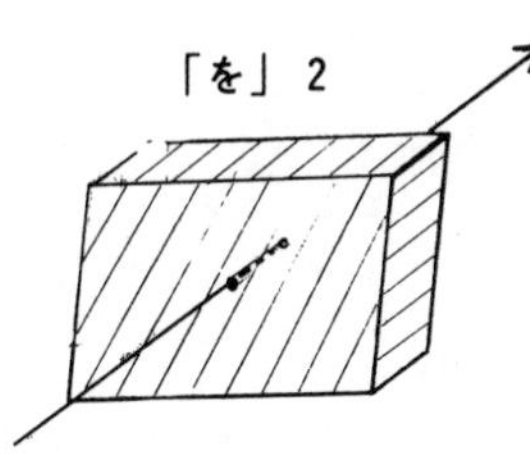

「を」 2

を指定する。

1　人や物が存在する場所を示す。

例　そのお寺は京都にある。／教会は丘の上に建っている。／木の葉が川に浮かんでいる。

注　「存在」と「動作」の両方の意味があるものは「に」「で」のどちらでもよい場合がある。その場合、「に」を使えば「存在」の意味、「で」を使えば「動作」の意味が濃く感じられる。（第三章参照）

例　その本は　どこ　に／で　売っていますか。

2　時間・回数・頻度の設定

例　新学期は四月に始まる。／一日に四十本もたばこを吸う。

〔参考〕「に」をとる「時」の表現

一月、二時、七日、一九八八年、今日中、来年中　など

通例「に」をとらないもの

明日、今日、去年、先週、今月、今朝、毎日、毎月、朝、午後、一日中、一年中、一週間、七日間、長い間、…している間　など

どちらでもよいもの

午前中、日曜日　など

3　移動先（＝「へ」）、入る場所を表す。〔例　大阪に行く。〕

「に」1

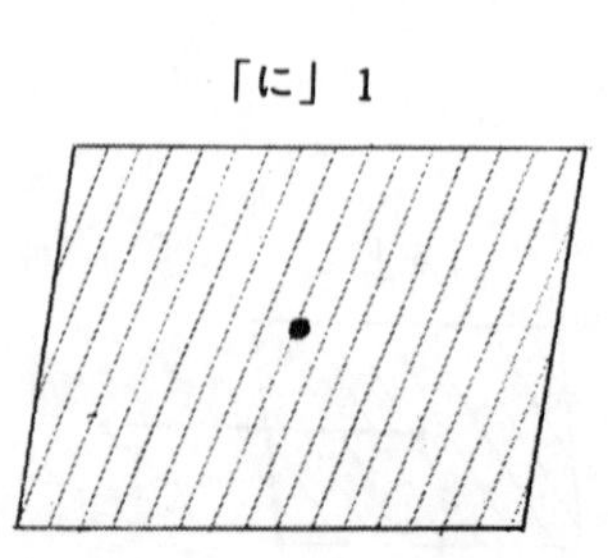

「に」3

4　（変化した後の）状態・結果、または選択・決定
例 私たち、今度結婚することになりました。
注 自分の意志決定を強調する場合は「ことになる」ではなく、「ことにする」を使う。

5　動作などの及ぶ対象を示す。
例 この手紙を田中さんにわたしてください。車の事故にあって怪我をした。
（熟語）「…にあう（×「とあう」）」で、事故・災害などの「体験」を表す。

6　目的を示す。
例 釣り／ゴルフ／買物／スキー／映画に行く・でかける。

漢和辞典は、漢字を調べるのに使う。

注「動詞連用形＋移動動詞（行く・来る）」の形で。例 映画を見に行く。

注「動詞終止形＋のに（ために）」の形で。例 かぶきを見るのに（ために）東京へ来た。

7　「もらう」「動詞＋てもらう」の構文において何かを与える人。
例 お母さんにもらったオルゴール。
注 この「に」は「人」に限る。

8　原因となる対象を表す。
例 利根川教授は国から（×「に」）費用をもらって研究を続けている。

9　範囲・対象 →「にとって」例 この金庫は火に強い。

10　（受身・使役など）動作主などを示す。例 赤ん坊に泣かれる。

11　熟語（＝「いちおう」）「…するにはしたが」の形で（＝「ことは」）
例 デパートへ行くには行ったが、何も買わないで帰ってきた。

12 追加・列挙（「AにBを足す」の「に」に意味あいがある。）
例 増田さんに北村さんに川村さんに、佐藤さんもいました。

13 組合せ（「名詞＋に＋名詞」の形で）例 黒のスーツに黒のネクタイの男。」

14 熟語（「動詞連用形＋に＋同じ動詞」）例「鬼に金棒。」

［発展形］

イ によって

1 受身文の動作主（主として具体的・抽象的な創造・破壊などに使われる）
建造／発掘／殺害／証明された・成し遂げられた。例 地球は神によって作られた。」

2 手段・原因（＝「のため」「で」）例 科学的実験によって証明する。」

3 何かを左右する事物 例 国によって風俗や習慣は異なる。」

ロ による

1 動作の主体 例 ブルーノ・ワルターによる指揮。」

2 原因・手段 例 火災による被害。」

注 あとに名詞が続いて全体として大きな名詞句を作る時は「による」を使い、「によって」は使わない。

「に」13

「に」12

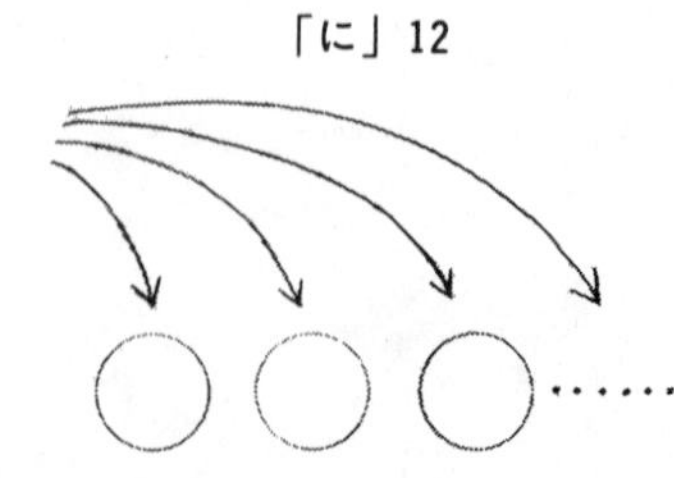

例 ラジウムはキュリー夫人によって発見された。↓キュリー夫人によるラジウムの発見。

ハ　にしては

資格・仮定 「例 アメリカ人にしては背が低い。」

注 「アメリカ人にしては…」という例文は、その人がアメリカ人だとわかっている場合もわからない場合も可能。「としては」は、アメリカ人だとわかっている時だけ使う。

ニ　にとって

主体に対する影響と、その評価 「例 外国人にとって、漢字は難しい。」

主として「高い・役に立つ」など、評価を表す形容表現が続く。

ホ　に対して

他者に対する態度 「例 先生は、学生に対して公平だ。」

ヘ　について

…に関して 「例 日本について論文を書きました。」

注 「による」・「によって」の区別と同様、名詞を修飾するときは「についての」を使う。

例 ×「日本について論文」をください。／「日本についての論文」をください。

「にとって」

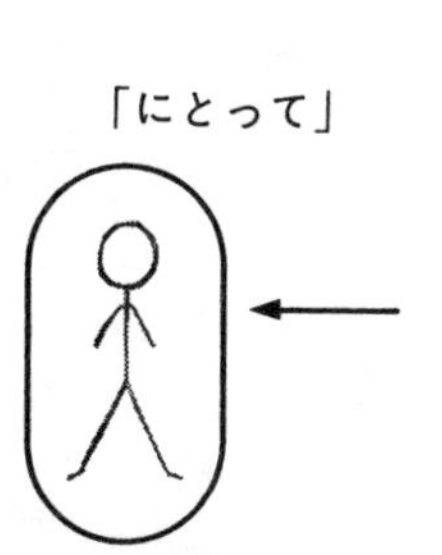

「に対して」

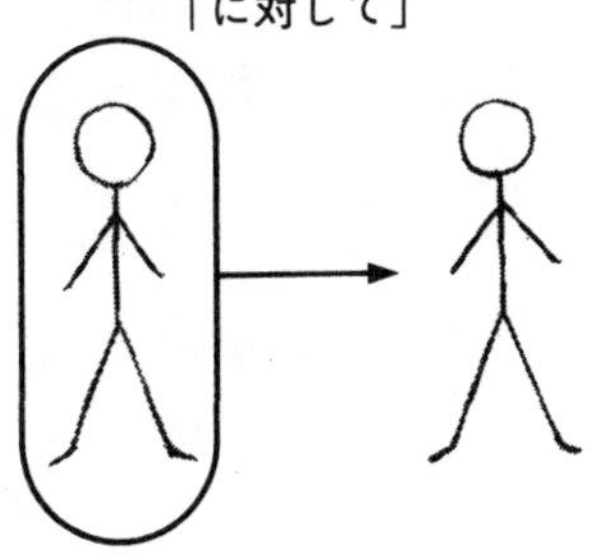

ト　につき

1　ある単位あたりの量。「につき」の

代わりに、「…あたま（頭）」とも言う。
［例］会費は一人につき五千円です。」
2 （稀）（＝「ので」）［例］私有地につき駐車禁止。」

チ に関して（＝「について」）

リ に関する（＝「についての」）

ヌ にあたって
ある状況に臨んで。

ル に際して（＝「にあたって」）

ヲ において（＝「で」）

ワ における（＝「での」）
［注］「において」と「における」の使い分けは「によって」「による」と同じ。（ヨの2の注参照）

A4 で

動詞の表す事柄がある時間・空間・種類・方法・原因の範囲内に限って行われる時、「で」はその「範囲」を指定する。

1 道具・手段・原材料・媒体など。
場所、判断基準を示す。［例］日本人は箸でものを食べる。スミスさんの話では、今アメリカでこの曲が流行しているそうです。」

2 原因・理由を示す。［例］病気で死ぬ。」

3　状態を表す。「例　ジュースを一リットル缶で売る。」

4　動作を行う集団・グループを示す。「例　みんなで歌を歌いましょう。」

5　数の限定、区切りをつける。「例　今年で二十歳になる。」

6　動作の場所（＝（★）「にて」）を表す。「例　おふろで歌を歌う。」

出来事や行事、自然現象などの起こる場所を表す。

7　範囲を限定する。「例　エベレストは世界で最も高い。」

8　遠慮・謙遜。充分である。「例　お茶でけっこうです。」

「で」6

A5　へ（「に」に置き換え可能）

「へ」は、具体的・抽象的な「移動」の方向を指定することに使われる。「例　会社へ行く。」

A6　から

「から」は、時間・空間・行為・理由づけの「起点」を指定することに使われる。（「やりもらい」表現の時は人の場合に限って「に」と置き換え可能。→「に」7参照）

1　場所、時間、視点などの起点を示す「例　田舎からはるばるおばあちゃんが出てきた。」

［参考］

×あなたはどこからですか。（出身）→お国はどちらですか。

×このおみやげはハワイからです。→これはハワイのおみやげです。

材料「例　バターはミルクから作る。」

「から」1

最低限（「数詞＋から」の形で）例 いいワープロは、安くても十万円からする。」

2 順番実際に行動する人（起点であること）を強調する。（↓「が」）例 鈴木さんには私からお礼を言っておきます。」

3 原因（＝「で」）例 社長が働きすぎから病気になった。」

4 受身文で「起点」を表す。（↓「に」）
「好かれて」「嫌われて」「頼まれて」「依頼されて」「言われて」「注意されて」などにつながる。例 みんなから尊敬されている。」

5 ［接続詞として］「～てから」の形で「～のあとで（すぐ）」の意味を持つ。（「～たから」と比較）例 日本語の勉強をしてから寝る。」

6 ［接続詞として］一般に客観的な理由を示す。（↓「ので」）例 きのう寝なかったから頭が痛い。」
「～のは…からだ」の意味を表す。

注 「～のは」の部分は一般に省略される。

注 「…からです。」の時は「ので」と置き換え不可。

A7 より、よりも、よりか

「より」は、判断の基準、方向づけを指定する。

1 比較 例 鎌倉の大仏より、奈良の大仏の方が大きい。」

［参考］口語で「よりも」「よりか」も使う。

2　否定・疑問で「～以外」の意味。「～よりほかに…」の形で。［例］神に祈るより他に手はない。」

3　時間・場所の始まる点（「から」と同じ。）［例］入学試験は九時より始まります。」

4　境界（=「から」）［例］ここより先には何もありませんよ。」

A8　まで

「まで」は、いろいろな品詞に「Xまで」の形でついて、主文の「動詞」によって表される事物状態が「X」を上限として起こることを指定する。

1　時間、距離の到達点を表す。多く「…から…まで」の形で。［例］月曜から金曜まで働く。」

「まで」1

2　物事のある極端な程度を表す。［例］雨や風だけでなく、雪まで降ってきた。」

3　熟語（急ぎの手紙の終わりに用いる表現）［例］取り急ぎお知らせまで。」

［参考］までに・までで

動作やある状態が終了・完了する時点の締め切り。

［例］三時までにこれを読み終えて下さい。

動作や状態を任意に区切って終了させる時点を指す。

［例］では、今日はここまででやめます。

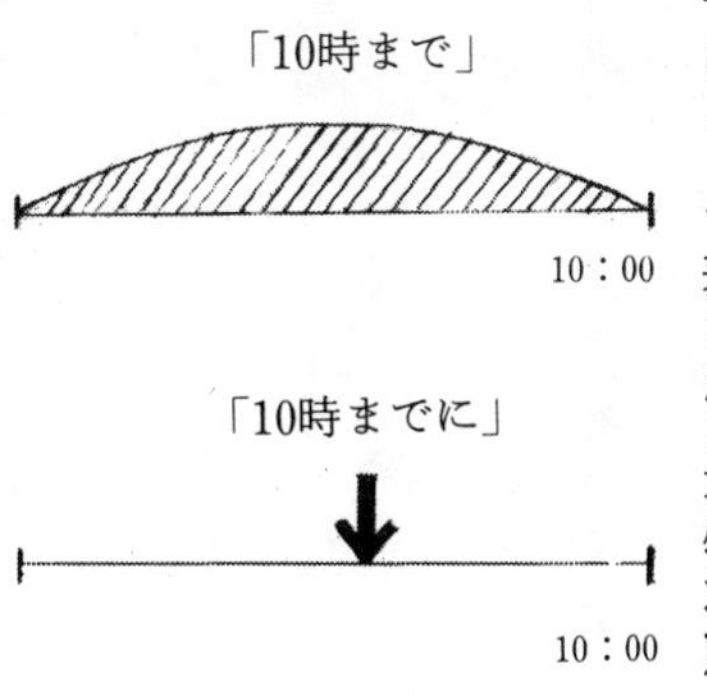

B　基本的に名詞や文をつなげる助詞

B1　の

「の」は、表面的には次の二つの形でおこる。

(1) 「名詞（＋格助詞）の名詞」又は「動詞［テ接続詞］の名詞」という「AのB」の形でAがBを修飾する。

(2) いろいろな品詞の語句または文について「Xの」となり、後に続く名詞を持たないで、それ自体で名詞句（またはそれに準ずるもの）となる。

意味合いも含めて細分化すると次のようになる。

1　所有・属性などを表す。

[例] ぼくのめがね／インド人の学生

[注] 「の」を使うのは名詞と名詞をつなぐ時のみ。

[例] 黒の服、黒い服（×「黒いの服」）、元気な子供（×「元気の子供」）、日本語を教える仕事（×「日本語を教えるの仕事」）

[注] ［名詞＋名詞］のように、間に「の」を入れない場合、この二つの名詞の結びつきは強く、特別になり、時には固有名詞として使われる。

[例] 京都で一番有名なのは、京都大学です。（×「京都の大学」）
京都の大学は、全部で百校以上もある。（×「京都大学」）
池谷先生は、日本語の先生です。（×「日本語先生」）

2　「AのB」が［主語―動詞］、［目的語―動詞］、［主語―形容詞］などの関係を語順的に保持している場合。連体修飾節の中で「が」の代わりになる場合も含む。

例　切符の予約・私の買った本

3　その他、名詞（＋格助詞）を結びつけて修飾・被修飾の関係にする。

例　頭の上・女性との対談・大学時代の友人

注　「の」と他の格助詞のつながりについて

a　「の」はいつも後。

例　アメリカからの手紙、富士山からの眺め、母からの便り、日本までの航空運賃

b　「にの」はなく、「への」を使う。

例　母への手紙、（×母にの手紙）

c　「が」「を」は消える。

例　マリリン・モンローの自殺、モンローの殺害（×「マリリン・モンローがの自殺」、×「モンローをの殺害」）

4　前出の名詞の代わりに使う。（以下の用法は「形式名詞」の巻も参照）例　この本はあなたのですか。」

5　状況を指し示す。例　僕は君が幸江さんと話しているのを見た。」

6　分裂文として。

例　あの人が好きなのはおしるこです。

注　この例では、「あの人はおしるこが好きです。」の「おしるこ」を強調している。「（他の物ではなく）おしるこが、あの人は好きです。」と言っても同じ。

7 「…のです」の用法。前出の内容を補足説明する。例「もうお帰りですか。」「うん、かぜをひいているのでね。」

（口語）終助詞的用法

8 慣用的用法・関連した事を並べて問題にする。（多く「XのXないの」「Xの何の」の形で）

例 暑いの暑くないの、もうみんな汗びっしょりだ。」

［発展形］

イ 「（名詞）のために…（動詞）」の形で、目的。書き言葉では、「のため」も用いる。例 夫は妻のために働く。／機械の故障のために電車が止まった。」

ロ 「（名詞）のための（名詞）」の形で、目的。例 パーティのためのお肉を買う。」

注 イ、ロとも、前に動詞（連用修飾節）が来る時は「の」は使わず、「…ための」「…ために」となる。

例 「大学に入学するための勉強」は大変だ。／大学に入学するために大変な勉強をする。「入学試験のための勉強」は特別だ。／入学試験のために特別な勉強をする。

B2 と

「と」は、表面的には次の四つの形で現れ、それぞれ違った働きを持つ。

(1) 「名詞と名詞…と名詞」（ここでは一つ以上の「名詞」が文法的には同等の資格を持つ。）

(2) 「名詞と動詞」（ここではその動詞の補語を表すことに使われる。例「先生と会う、友達と話す。」）

(3) 「文と動詞」（ここでは特定の動詞においてその補文を表すことに使われる。例「私も行く、と言いました。」「もうだめだと思った。」）

(4)「文と文」（ここでは、「と」は接続詞として使われ、初めの文が後の文に対して条件的・時間的に先行することを表す。）

意味合いもふくめて細分化すると、次のようになる。

1　名詞と名詞をつなぐ。関連する名詞を全て挙げる。（「や」と比較。「や」と違って、他の物まで暗示することはない。）（例　机の上に本とノートがある。）

注　この「と」は「名詞」と「名詞」をつなぐ時のみで、動詞や形容詞をつなぐ時には使えない。

（動詞）切って食べる。

（イ形容詞）高くてまずい。

（ナ形容詞）元気でにぎやかな子。

2　一緒にその動作をする相手・対象を示す。（例　友達と学校へ行く。）

3　引用文（名詞及びナ形容詞の時、「だ」は省略可能。縮約形→「って／て」）（例　先生は、パーティーに来ないと言っていました。）

この他に、「…と主張する」、「と呼んでいる」、「…と聞いた」、「ということだ（＝「そうだ」）」など。

「と…」の「…」が省略されている場合

思考・考え（名詞及びナ形容詞の時「だ」は省略可能。普通、「って」に置き換わらない。）

この他に、「…と思います」、「…と感じる」、「…と思われる」、「…と想像できる」など。

4　様子・様態・状態描写・譬え（「擬態語・擬声語」の巻参考）＝「…のように」（例　雨がぱら

ぱらと降ってきた。」

5　変化（↓「に」）、～となる／とする／としては／にしては 例 クレオパトラはアントニーの愛人となった。」

注 仮定（＝「なら」）の時は「に」と置き換えできない。

6　強調（「数詞＋と…否定的な言葉」の形で） 例 二度とあんなひどいホテルに泊まるものか。」

7　接続詞として。仮定→結果、及び発見（たら）（「たら」「ば」などと比較。「接続の表現」参照） 例 食べすぎると体に悪い。／私が部屋に入ると、美しい女性が寝ていた。」

［発展形］

イ　として

1　役割 注 名詞修飾の時は「としての」 例「女としての自覚」／徳川家康は将軍として日本を支配した。」

2　立場（「としては」の形で。特に丁寧に言うときは「としましては」。） 例 私としてはこちらの案の方がいいと思います。」

3　「1…」否定に続いて「強調」を表す。 例 誰一人として泣く者はいなかった。」

4　仮定「にして」と比較（「として」は、「…とすると」と同じ。） 例 一本二十円として、一ダースで四百円だ。」

ロ　といった・というような　例示 例 春には梅や桜やつつじといった、きれいな花が咲く。」

ハ　という　具体的説明 例 四谷の「鳥せん」という店には千恵子さんという美人がいる。」

ニ　て・って（口語）例「部長に、明日は休むって言っておいたよ。」

「という」の縮約形。

「と言うもの・人」の略。

「と言って」

B3　や（例示）

1　「AやBやC（など）…」というパターンで例を挙げる。例 寿司やてんぷらなど、おいしい食べ物がたくさんある。」

2　「～するや（否や）…」というパターンで「～するとすぐ…がおきる」の意味を表す。例 山田さんはぼくの顔を見るやいなや、どこかへ行ってしまった。」

3　♠終助詞として。一般に男性語とされる。例「仕方がないや、もう一度やり直そう。」

B4　とか（↓「や」）

例示（…とか…とか）例 休日には掃除とか洗濯などをします。」

注 不確かな引用「とか」についてはB7「か」の項を参照。

B5　だの

例示（=「とか」）

「…だの…だの」の形で。例 本だの辞書だのを持ってかけ回っている。」

B6　やら

1　「～やら～やら」の形でいくつかの例を挙げる。（↓「や」、「～たり～たり」）例 日本人やら、外国人やら、いろいろな人が来た。」

2 「～(の)やら」の形で「一体どうなったのか分からない」という疑問を含めた気持ちを表す。不確かさ。例 スミス君は毎日何をしているやら、全然学校に来ない。」

3 会話文として、2と同じ意味で、終助詞的に文末に使われる。ぼやき。例 「いつになったらこの長い梅雨は終わる(の)やら……。」

B7 か

「か」は不確実さを示す。

1 名詞のあとにつく場合、普通二つ以上の「名詞」について表れ、その中のどれか一つに述語の意が当てはまることを示す。

例 田中か山川か木下が社長と話すことになっている。

2 主文のあとにつく場合には、話し手の判断から言って、その文に真実性がないかもしれないという可能性を表す。上昇のイントネーションをとる場合は質問文になり、そうでない場合は話し手自身の驚き、ためらい等を表す。

例 ああ、山川さん、もう社長と話しましたか。

ああ、たいくつだなあ。映画でも見に行くか。

3 主文としておこる疑問文は必ずしも「か」をとらなくても良いが、疑問文が埋め込み文として起こる場合には「か」は必要である。

例 田中さんは何時に来るか聞いてください。

4 一つ以上の文につく場合には、真実性においてそこに選択の要があることを示す。

例 あなたが行くんですか、スミスさんが行くんですか。

5 ある事柄Xと関連した疑問詞と共に使われる場合、その疑問詞と意味的に融合して、「或るX」という新しい意味合いを持つことがある。この場合疑問詞の持つ「疑問性」は機能的には消滅する。

例 誰か来ましたよ。

C 「話題」の設定、その他

C1 は

「は」は、いろいろな品詞について「Xは」として現れ、その「X」を話題の場に摘出する。

1 話題を提示する 例 東京は人が多い。」

「広島県はかきが有名だ。」と「かきは広島がおいしい。」では、それぞれ「広島県」「かき」について述べた文である。

「ぼくはコーヒーだ。」と「コーヒーはぼくだ。」の状況の違い

a (ウェイトレスが客に)「何にしますか。」

(客)「ぼくはコーヒーだ。」

b (ウェイトレスがコーヒーを持ってきて)「コーヒーを注文した方はどなたですか。」

(客)「コーヒーは僕だ。」

注 話の最初に相手の知らないものを導入するときは「は」ではなく「が」を使う。

例 「きのうはどうして学校に来なかったの。」「弟が入院してしまったんです。」

(二の1、「は」と「が」参照)

2 二つのものを対比する 例 田中さんはドイツ語は上手だが、フランス語は下手だ。」

「Aは…、Bは…」AとBが対照的であること。

3 限定。その範囲に限って。それ以上でもそれ以外でもない。例 いろいろな所に旅行しましたが、京都には行ったことがありません。」

2の「Aは…。」でBを省略すると、Bの存在が暗示される。それがこの用法へと発展する。

「…は」の部分は強く発音されることが多い。

数詞や副詞に「は」がつくと、「程度」の限定になる。

注 「は」の縮約形

そりゃちょっと不自然じゃないかな。(「それは、不自然では」)

なっとうなんか、食べられやしない。(「食べられは」)

あの人のことだから、覚えちゃいませんよ。(「覚えては」)

大丈夫です。あなたさえ黙っていれば他の人にわかりゃしませんよ。(「わかりは」)

4 少なくとも/多くとも 数・程度の下限・上限(数の単位などにつく。)例 あの本は一万円はするでしょう。」

「千円はしない。」は「どんなに高くても千円にはならない。」、「千円はする。」は「どんなに安くても千円だ。」の意味になる。

5 動作の繰り返し(表現自体も反復することがある。)例 あの人は競馬に行ってはお金の無駄遣いをしている。」

C2 も

「も」は包含性を示す。

1 「名詞」または「名詞＋助詞」に接続して。

例 私も行きます。

2 述語の内部に現れる。否定文の中に現れ、強調の意が出ることが多い。

例 お前の顔など見たくもない。

3 述語の「て形」に後続して。「そういう場合でさえ」の感じが出ることが多い。

例 雨が降っても、ピクニックをします。

4 数量詞と共に使われ「それほどたくさん」の意を出す。仮定文の内部におこった場合にはその「それほど」の意が「それで十分」の含みをもつことがある。

例 ビールを六本も飲んだ。

5 否定文の中で数量詞「一」と共に使い、全体否定の意を出す。

例 ビールが一本もない。

6 疑問詞と共に使われ、その疑問詞が属する意味的カテゴリー（例えば、「誰」ならば「人間」というように）を包含的に示す。通常否定文の中で現れる。否定文でなくて良い例外的なものは「いつも」、それに「誰もが」のように主格の「が」が後続する場合である。（例 誰もが彼女を美人だと思っている。）

例 誰も来ませんでした。

7 疑問詞と共立する場合でも、「疑問詞＋で＋も」となると、その「疑問詞の意味的カテゴリー」に所属する任意の構成員」の意味合いが出て、またそれが現れる文も否定文でなくて良い。

例「おなかがすいていますから、何でもたべられます。」

8 「も」が疑問詞を含む文の「て形」について現れる場合。意味的には前項の7の場合に準ずる。「て形」の文の意味があてはまる。「どのような場合にも」の意味合いが出る。

例「何を食べてもおいしくありません。」

［発展形］

イ　とも

1 数量全て　例「北野さんの兄弟は、三人とも医者だ。」

2 一緒に含めて。「込みで」。例「入会金は、初年度会費とも四万五千円です。」

3 =「ても」（承認・妥協の限界点）例「遅くとも五時までには帰ってきて下さい。」

4 =「ても」（最悪の事態の仮定。動詞の形に注意）「と」に省略可。例「何が起ころうと（も）、あわててはいけない。（=起こっても）」

5 最大限に尊敬されている人について、その人が期待を裏切るようなことをした時に使う。

例「大統領ともあろう人が、そんな悪いことをするはずがない。」

6 終助詞として。断言。親しい友達同志で口語として。目上の人に使うのは失礼。

例「この電話、お借りしてもいいかしら。」「いいとも。」

ロ　しも

（★）「必ずしも～でない」の熟語として使われ、「必ず～があるとは言えない」という意味を表す。

「誰しも～ない」の熟語として使われ、「誰もが～するとは限らない」の意味を表す。

〔例　日本が豊かだといって、必ずしも日本人が豊かだとは限らない。〕

C3　こそ

ある一つのことを他のことから区別して特に強調する。「は」より強く強調する。「…からこそ」の形で「理由」を強調することが多い。〔例　君がいるからこそ、ぼくは生きていられるんだ。〕

C4　さえ

「も」より強い強調。「条件」を強調することが多い。

〔参考〕　接続の形

1　「～も」と同じ意味。一般に「～でさえ」の形を取る。一つのことに力点を置く。否定で。(＝「すら」)〔例　日本語の先生でさえ漢字はときどき間違える。〕

2　仮定「～であればもう他に何もなくても」という意味で、「～」を強調する。一般に「～さえ…でも」の形を取る。〔例　水さえあればサボテンは何ヵ月でも枯れない。〕

立っていればいいんです。↓立ってさえいれば／立っていさえすればいいんです。

食べられれば　↓　食べられさえすれば

食べることができれば　↓　食べることさえできれば／食べることができさえすれば

やさしければ　↓　やさしくさえあれば

親切ならば　↓　親切でありさえすれば

C5 でも

1 最低限などの極端な例を挙げる。＝「だって／だとしても」「例 そんな簡単なことなら、小学生でもできる。」

注 疑問詞と「でも」の用例についてはC27参照。

2 ＝「など」「なんか」「例 おひまならお茶でもいかがですか。」

C6 だって（＝「でも」）

極端な例を一つ示して、他の物も同様であることを示唆する。強調。（疑問詞と）…だって…だって「例 そんなまずいもの、猫だって食べないよ。」

C7 すら

「Nすら／Nですら」の形をとり、「他はもちろん、Nでも」という意味。（Nは名詞）（＝「さえ」）「例 赤ん坊（で）すら泳げる。」

C8 ずつ

数詞について一定の量や数が一つの単位（一人、一時間など）について繰り返されることを示す。

「例 このページの漢字を十回ずつ書きなさい。」

C9 ごと

1 そのたびに。「例 十分ごとに熱を計って下さい。」

2 まとめて。「例 この魚は骨ごと食べられる。」

C10 ごろ

およそ。約。例 明日十時ごろ来て下さい。」

注「時点」などについて。「量」については「ぐらい」を使う。(第三章参照)

C11 (っ)きり

1 「～だけ」と同じように「～」を限定する。例 一人(っ)きりで家にいると退屈です。」

2 「～してから何も変化がない」という意味を表す。例 嫌なことはこれきりにしてほしい。」

話の内容でわかるときは「それ(っ)きり」「これ(っ)きり」を使うことがある。

C12 なり

1 「Xなり」の「X」に適当な・見合った。例 人にはその人なりの考え方がある。／どこへなり(と)ご一緒します。／人間は大なり小なりみんな違うものである。」

2 適当な候補を例示する。例 本なり、新聞なりを見て調べて下さい。」

3 ＝「や否や」「～するとすぐ」例 彼女は私の顔を見るなり、わっと泣きだした。」

C13 しか

「～しか…ない」の形で、「…するのは～だけだ」という、「～」を強調する表現に使う。(→「だけ」、「より」) 例 グリーンランドは、氷と雪しかない。」

「動詞＋しかない」で他に方法がないことを表す。例 いま来た道を引き返すしかない。」

C 14　(っ)たら

(「と言ったら」「きたら」の短縮形) 話言葉。

主に人について、うわさ話をする時に用いる。例 佐藤さんったら、今度中国へ行くんですって。」

C 15　ばかり・ばかし・ばっかし (形式名詞的用法は省く。)

1　専ら。例 あの人は毎日酒ばかり飲んでいて、ちっとも働かない。」
2　およそ。例 一ヵ月ばかりヨーロッパに旅行することになった。」

C 16　など・なぞ・なんか・なんぞ

1　いくつかの例を示す。例「この仕事は誰に頼みましょうか。」「花村さんなんかどうですか。」
2　「～のようなものには…できない」という「～」の部分に対して用いる。例 お金なんか、受け取るわけにはいきません。」

C 17　なんて

(=「などということ」例 大統領がそんな悪いことをするなんて、とても信じられない。」「などという」例 セントリーなんて(いう)酒は聞いたこともない。」)

C 18　だけ

1　それが唯一のものであることを示す。(=(★)「のみ」) 例 コーヒーにはミルクだけ入れて、砂糖は入れません。」
2　相当量・比例 (×のみ) 例 今日どこかに泊まるだけの金はある。」

C19 のみ（→だけ）

1 （★）強調、「だけ」と同じ。（「だけ」より少し硬い。）例「専門家にのみわかるような話。」

2 （★）「～のみならず」の形で「～だけでなく～も」の意味を表す。例「この髪型なら和服のみならず洋服にも似合う。」

C20 ぐらい・くらい（＝「ほど」）

1 およその量。だいたい。例「きのうは五時間ぐらい勉強した。」

2 同じ程度。比較の基準。例「あなたぐらいせっかちな人も少ないですよ。」

3 程度や量が大した物ではないことを示す。例「コーヒーぐらいゆっくり飲ませて下さいよ。」

C21 ほど

1 程度比較（＝「ぐらい」。ただし「…ほどじゃない」の時は不可。）例「てんぷらも高いが、すしほどじゃない。」

2 目分量・およその量（＝「ぐらい」「ばかり」）例「ステーキ用の肉を三百グラムほどください。」

3 程度（［動詞］ほど…）（＝「ぐらい」）例「ヨガの修行僧は死ぬほど苦しい修行をする。」

4 比例 例「体の大きな人ほど気は小さいことが多い。」

C22 ながら

1 …だけれど。例「残念ながらあなたは不合格です。」

2 二つの違った動作が同時進行していることを示す。

例 歩きながら考え事をするのは危ない。」

D　文の切れ目や終わりにつく助詞（このグループは呼びかけの時にも一般に使われる。）

D1　ね（ねえ）・な（♠）（なあ♠）

「ね」は聞き手へのアピールとして広く使われる、「な・なあ」を使うとぞんざいな口調になる。ひとりごとを言う時は「な・なあ」を使い、「ね・ねえ」は普通は使わない。

特に意味もなく、ただ文を区切って言う時にも使われる。ていねいに話すときは「ですね」も使われる。例「あのですね、実はですね、田中さんがですね、……。」

1　確認・疑問　例 あなたがスミスさんですね。」

2　感動　例「今日も暑いねえ。」「暑いわねえ。」

3　主張　例 僕はその意見には反対だな。」

D2　よ

聞き手に対する断定。話者が知っている内容の文に使う。例「美津子、もう十時ですよ。寝なさい。」

D3　さ

1　軽い断定（♠）例「もしもし、今どこにいるの？」「渋谷さ。君も来るかい？」

2　反発（♥）例「何さ、あんな絵ぐらい、私にだって書けるわよ。」

E 文の終わりだけにつく助詞

E1 な（♠命令・ぞんざい）

1 動詞終止形＋「な」で「禁止」（「な」のアクセントは低い。）例「危ないところへは一人で行くなよ。」

注「な」を高アクセントで言うと、「ぞんざいな確認」になる。（↓D1）

2 「動詞連用形＋なさい」（命令）の略。例「さあ、早く行きな(さい)。」（＝早く行け。）

E2 ぞ・ぜ（♠）

1 念を押す。「ぞ」の方が「ぜ」よりも広く使われる。例「そろそろ出かけるぞ。」

「ぜ」は、東京地方の男性が使うとされている。

2 独り言。この用法では普通、「ぞ」を使い、「ぜ」は使わない。例「あれ、ドアが開いている。何か変だぞ。」

E3 わ

1 女性が広く一般的に使うとされている。その場合、中上昇のイントネーションを伴うのが普通である。例♥「あら、もう五時だわ。」男性の発話にも現れるが、その場合には下降のイントネーションを伴うのが普通。この男性の「わ」には断定の念が強い。例「それじゃ、俺も行くわ。」

2 列挙、程度がはなはだしいことを示す。例 朝から電車で足を踏まれるわ、さいふは落とすわで、まったくろくなことがない。」

［参考］接続とその順序

［文］＋［か・わ］＋［な・ね・よ］

［文］＋［ぜ・ぞ］（×ねか・よわ・ぜね・ねぞ）

E4 い（♠）

男性がごく親しげな感情を表す時に用いる。例「おい。」「何だい。」

E5 つけ

1 自問するような感じで相手に尋(たず)ねる。例「明日(あした)の試験は九時からだっけ。」

2 回想する、口語表現 例「本田君のこと覚えてる？」「うん、昔(むかし)よく一緒(いっしょ)に飲んだっけ。」

E6 てば・ってば・て・たら（接続詞の「たら」とは意味も接続の形も異なるので注意。）

1 相手に「もう分かっているよ。」という気持ちを伝える。例「行くの、行かないの。」「うるさいわねえ、行くってば。」

2 相手にじれったい気持ちを伝える。例「ねえ、サリーちゃん、サリーちゃんったら。聞いてるの？」

E7 かしら（♥）

1 独り言 例 ロミオは今ごろ何をしているのかしら。」

2 疑問 例「明日(あした)のパーティーには、何人ぐらい出席するのかしら。」

3 願望 例 早く八月にならないかしら。山に行きたいわ。」

E8　かな（あ）

1　独り言（不確かな内容について）［例］明日（あした）は晴れるかな。」

2　疑問（＝「かね」）（ぞんざい）［例］「君、英語はできるかな。」

3　願望　独り言で。［例］明日（あした）は晴れないかな。ピクニックに行きたいんだ。」

E9　（だろう）に

期待に反する時、後悔する時などに使う。［例］今日（きょう）は休みだと知ってたら、来なかっただろうに。」

助詞の意味別索引

ただし、全ての用法を網羅するものではない

特殊記号など

用語索引

語彙索引

著者紹介

北川千里（きたがわ・ちさと）

1958年立教大学文学部英文科卒業。61年ミシガン大学言語学修士，64年エピスコパル神学校神学修士，72年ミシガン大学言語学博士。ミシガン大学講師，マサチューセッツ州立大学助教授を経て，現在アリゾナ大学日本語・言語学科教授。著書に*Making Connections with Writing, An Expressive Writing Model in Japanese Schools*（共著，Heinemann Educational Books），『助動詞』（共著，荒竹出版）他がある。

鎌田　修（かまた・おさむ）

1974年大阪外国語大学英語科卒業。80年ピッツバーグ大学言語学修士，86年マサチューセッツ大学言語教育学博士。兵庫県立有馬高校英語教諭，アムハースト大学客員助教授を経て，現在，アイオワ大学日本語・日本語教授法助教授。論文に，'Indirect Quotations in Japanese'（Papers from Middlebury Symposium on Japanese Discourse Analysis, 1981），「日本語の間接話法」（『月刊言語』1983年，９月号，大修館書店）他がある

井口厚夫（いぐち・あつお）

1981年上智大学外国語学部英語科卒業。83年同大学院外国語研究科言語学専攻博士前期課程修了，文学修士。現在，獨協大学外国語学部，上智大学比較文化学部講師。著書に『助動詞』（共著，荒竹出版），論文に，「動詞と否定」（『国文学解釈と鑑賞』1986年，1月号。至文堂），「日本語」（共著，『海外言語学情報』3/4，大修館書店）他がある。

外国人のための日本語例文・問題シリーズ7

助　詞

昭和六十三年九月十日　印刷
昭和六十三年九月二十日　初版

著者　北川千里　鎌田修　井口厚夫
発行者　荒竹勉
印刷／製本　中央精版印刷
発行所　荒竹出版株式会社
東京都千代田区神田神保町二－四〇
郵便番号一〇一
電話　〇三－二六二－〇二〇二
振替（東京）二－一六七一八七

（乱丁・落丁本はお取替えいたします）

ISBN4-87043-207-2　C3081

定価1,800円

NOTES

NOTES

NOTES

外国人のための日本語
例文・問題シリーズ7
『助詞』練習問題解答

第三章 実践編――練習問題

A 紛らわしい助詞の使い分け

〔一〕「は」と「が」 一 1が・は・が 2が 3が 4が・が 5は・が 6は 7が 8が 9が・は 10が・が 11が・は 12は 13は・は・は 14は・は 15が 二 1が 2が 3が 4が 三 1a 2b 3b 4a

〔二〕「が」と「を」 1を（「だます」が他動詞なので「を」。「たい」がついているので「が」に変えることも考えられるが、意志性が強い。また、「てやる」などがついて動詞が長いときは「を」のままの方がよい） 2を・を（「付ける」は他動詞） 3が 4が 5が 6が（知覚。「…がする」と「「…をする」については『助動詞』の巻参照） 7が 8を（「たい」の時は「を」を「が」に変えることがあるが、「たがる」の時は「を」のまま） 9を・が・が

〔三〕「が」と「の」 1の（名詞＋の＋名詞） 2が（短い節の中では「が」は「の」に変わることがあるが、節が長いときは「の」にできない。） 3が／の（どちらでもよい）

〔四〕「に」と「で」 一 1に 2で（出来事） 3に（存在） 4に（移動。「見る」ではなく、「行く」で考える） 二 1に 2に・で 3で 4に 5に（「机に書く」のは落書き） 6で（動作の行われる場所） 7に（動作の及ぶ場所） 8に（＝買った土地は田園調布にある） 9で（自動車を買った店が田園調布にある） 10で 11に 12で（「働く」のは短時間・短期間の動作というニュアンスがある） 13に（「勤める」のは長期間の状態というニュアンスがある） 14に 15に 16に（状態） 17に（「壁で貼る」は不可能） 18に 19に（状態） 20で・に（「ホテルに泊まる」という《動作》を行った場所はハワイなので） 21に 22に（「行って来る」で考える） 23で 24で（範囲の指定） 25で（名詞文・形容詞文などで《状況》を表す時は「で」を用いる） 26で 27で 28で

〔五〕

「に」と「と」　＊一方的な場合には「に」、双方から互いにする場合は「と」を用いる。　一　1に　2に（被害・災害は一方的にやって来る）　3と（比較）　4と・に　二　1に（＝報告した）　2と（「に」なら通例「話しかける」を使う）　3に　4に（嫌がっているので、相互的ではない）　5と　6と　7と　8と　9と　10と

〔六〕

場所の「を」「で」「に」　＊あるものが存在する場所・静的状態は「に」、動作を行う場所は「で」、移動する場所には「を」を使う。　1を　2を・で　3を・に　4に・を　5を　6を　7を・を　8に　9に　10に　11に　12に　13に　14を　15に

〔七〕

「時」を表す「に」「で」「φ」　＊時刻・月日の指定は「に」、期間の指定は「で」を使う。　一　1に（ある時間の範囲内での完了）　2　φ・φ・に（この他に「明日の朝の一二時から始まる」も可能）　3に／で（《頻度》の時は「に」、《数（この場合、期間）の限定》の時は「で」）　4で　5で（数（この場合、時間）の限定）　6に（明日中に＝明日のうちに）　7に　8に　9に　10で　二　＊「［時の単位（例――月・週など）］＋に［回数］」で《頻度》を表す。ただし、「毎月」「毎週」などのように「毎―」がつく時は「に」は不要。　＊＊一般的に言うと、瞬間的な動作には「に」がつき、継続的な動作（「ずっと」などと共起する）には「に」がつかないことが多い。　＊＊＊言葉によって、「に」をとるかとらないかが決まっているものが多い。　1×　2×　3に　4に　5×　6に　7×　8に　9×　10に（「…中」には継続的なものと、瞬間的なものがあることに注意。「今日、明日、今年」などがついた時は瞬間的、「一日、一年」などがついた時は継続的な意味になる）　11に（この他に、「で」でも可能）　12×　13×　14×　15に　16に　17に（「期日」――一九八八年に、など）　18×（「期間」――四年間など。数量詞の一つ）　19×（省略文「…にです」の形はない）　20に

〔八〕

「と」と「や」　1と・と（「しか」に注意）　2や・や（「いろいろ」に注意）　3と　4と・と　5と（「だけ」に注意）

〔九〕「まで」「までに」「まで――継続（ずっと）」「までに――完了」　一　1 までに　2 まで　3 まで　4 まで・までに　5 までに　6 まで（ある期日までずっと…する）　7 まで　二　1 a―ハ、b―ロ、c―イ　2 a―イ、b―ロ　3 a―ロ、b―イ　4 a―イ、b―ロ

〔10〕**数量**　＊数量詞は名詞の数量を補足するだけで、それ自体に「が」「を」などは原則としてつかない。ただし、数量詞が名詞の直前に来る場合は、「（数量詞）の（名詞）」の形になる。名詞の格は動詞によって決まる。　一　1 二人　2 φ　3 φ（この他に「一億円の保険」）　4 を　5 を・φ（数量が多いことを示す「も」は数量詞の方に付ける）　6 φ（「大勢」も数量詞の一つ）　7 の　8 三本　9 もの（数量が多いことを示す「も」＋「の」。「人が千人も参加した」と同じ）　10 も　11 φ　12 φ（「一口」＝ちょっとだけかじること）　13 と／φ・φ（一つ目はφでも良いが、「と」を入れる方が口語的。また、この他に「に」でも良い）　14 も仕事をした（「しか」を使うと後ろの部分と意味が合わない）　15 も（この他に、φ）　二　1 ○（a、bともちょうど五千円持っている）　2 ○（「だけ」は数量を限定するが、数の増減はない）　3 ×（bは、たばこ以外のもの全てを禁止している）　4 ○　5 ×（aは「約二十分」の意味）　6 ×（aは、その最低額が二十万ということ。＝「いいビデオデッキを買いたければ、少なくとも二十万は最低必要だ」）　三　1 二人とも　2 とも　3 も（この「も」は、数量が多いことを示している）　4 と・とも　5 と　6 も・とも（五匹とも＝全部）　四　1 ○　2 ×　3 ○　4 ×（「しか」に注意。本当はもっとほしかった）

〔11〕**原因の「に」「で」「から」**　＊原因を表すのは、「で」が最も一般的だが、一時的・短期間のことについて使われることが多い。「に」は原因が抽象的な《場所》として捉えられている時、長期間・恒常的なことについて主として使われる。「から」は、その原因が「きっかけ」となって、何らかの事態に発展して行く時に使われるのが普通。　1 で　2 に　3 から／で　4 で　5 で　6 で　7 に

〔12〕**「から」と「より」**　1 ×　2 ○　3 ×

4 × 5 × 6 ○（1 a＝みんなが佐和子さんを愛している。1 b＝佐和子さんが一番愛されている。3 a＝菅原先生が一番先に入る。3 b＝菅原先生が入る前に、あなたが入って下さい。4 aは、宮本さんと私の家の間の距離が長いこと。4 bは、ある場所に行く時、私の家から行く方が宮本さんの家から行くより時間が短いということ。5 aは、ハンバーグとスパゲティにサラダを追加した。5 bはハンバーグとスパゲティの代わりにサラダを頼んだ。7 aの「から」は「理由」。7 bの「より」は「比較」）

〔三〕「に」と「へ」　3・4・7・9（人・物など具体物が移動するときのみ「へ」が使える。8は「目的」の「に」）

〔四〕「に対して」と「にとって」＊「に」の発展形の項を参照。「にとって」は、その人自身の問題。「に対して」は他人に向ける態度。　1 にとって　2 にとって　3 に対して　4 にとって　5 に対して　6 に対して　7 にとって　8 にとって　9 にとって　10 にとって　11 に対して

〔五〕「こそ」と「さえ」　一　1 あの子は自分の名前さえ書けない。2 これこそ（が）本当の日本料理だ。3 命さえ無事ならそれでかまいません。4 この島こそ（が）キャプテン・クックが宝を隠した島だ。5 あの少年は、大学の先生（で）さえわからない問題を解いてしまった。6 遅刻さえしなければあなたは本当にいい生徒なんですがねえ。7 今年こそ（は）がんばって試験に合格したいと思う。8 人間ばかりか、馬にさえ馬鹿にされた。　二　1 この砂漠にはサボテンさえ生えていない。2 勝ちこそしたが、満足できるような試合内容ではなかった。3 こんな小さな小学校でさえ立派な体育館があるのに、何で私の大学には体育館がないのだろう。4 この町には、デパートどころか商店街さえない。

〔六〕「ごろ」と「ぐらい」　1 ぐらい　2 ぐらい　3 ごろ　4 ぐらい（3と4の違いに注意。「三時」――時刻、「三時間」――期間）　5 ごろ（期日）　6 ぐらい（期間。二十四時間のこと）　7 ぐらい　8 ごろ

〔七〕「だけ」「ばかり」「しか」＊「しか」の後ろには否定文が続く。1 しか 2 だけ 3 だけ 4 しか 5 しか（他の交通手段は不可能） 6 だけ（カレー以外は下手だが） 7 しか（「カレーだけ作れない」なら、それ以外のものは作れる） 8 ばかり（くりかえして何回も、だから） 9 ばかり（「だけ」も良いが「ばかり」が普通） 10 だけ（「ばかりで」より普通は「だけで」を使う） 11 しか 12 だけは 13 だけ 14 だけ

〔八〕場所・方向を表す助詞の総合問題 一 1 から・まで 2 から・に（「東」は場所ではなく、方向なので、場所の「を」は使わない） 3 に・を 4 を（抽象的な意味・熟語＝「卒業する」） 5 から 6 に（「行く」に注意する） 7 へ（「にの」の形はない） 二 1 ○ 2 ○ 3 × 4 ○ 三 a 1 を／から 2 を 3 に／へ 4 を／で 5 に／へ 6 に／へ 7 を 8 を／で 9 に／へ 10 に 11 φ／ぐらい／ほど 12 を 13 の 14 を／で 15 を 16 に／へ b（下の地図参照）

〔九〕「誰」「何」「いつ」「どこ」［…＋か／も／でも」 一 1 何か 2 何でも 3 何か・何も

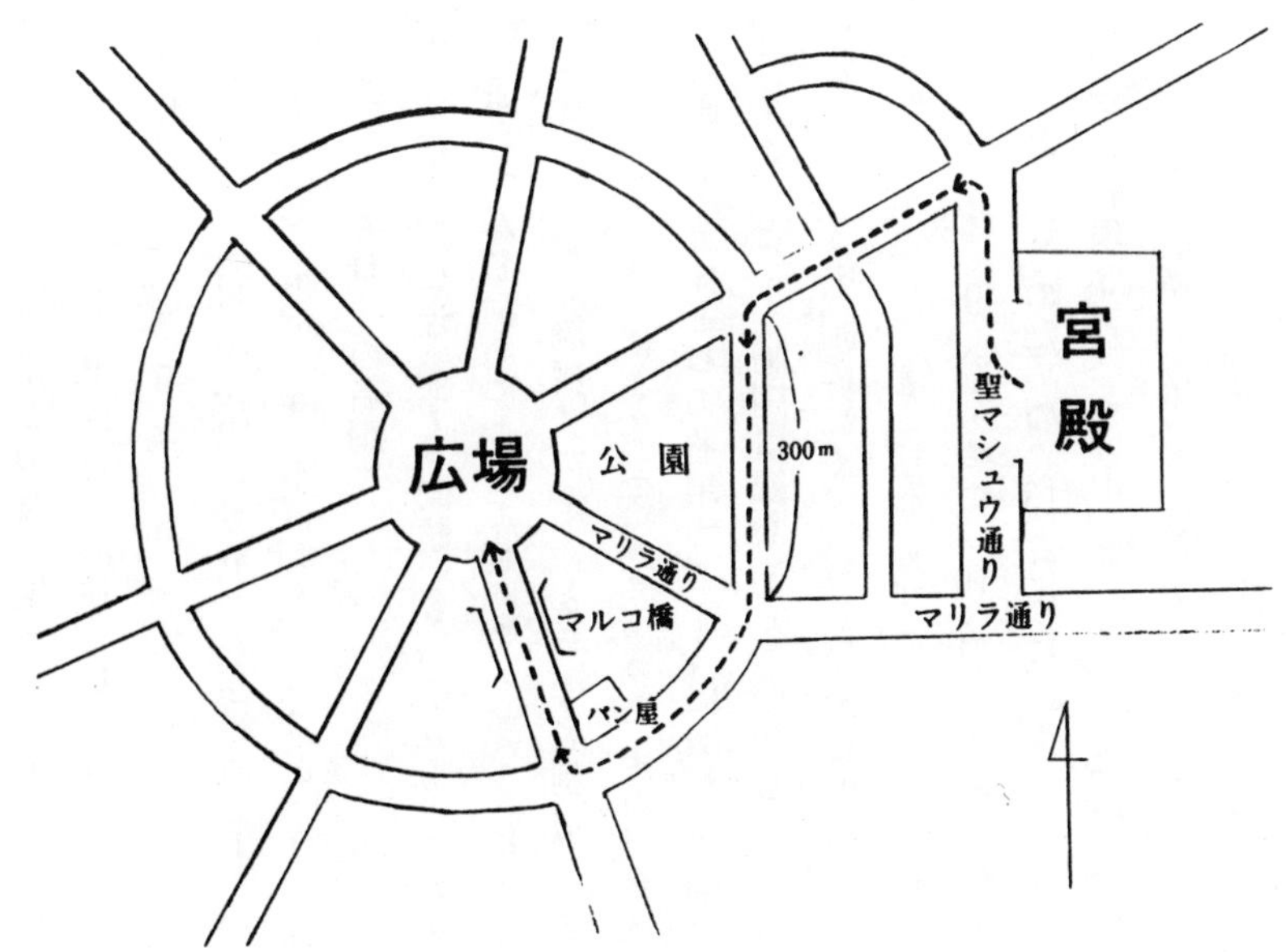

4 何か 5 誰か 6 誰でも 7 誰も 二 1 いつか 2 いつでも 3 どこか（この他に「どこかへ」も可能） 4 でも 5 にも 三 1 何度も 2 一人も（「一人も」「一回も」など「一…も」には否定表現が続く） 3 何回も（「何回も」＝「多く」 次と比較。「日本には何回行ったことがあるんですか。」「二回です。」） 4 いない 5 ない

〔二〇〕 **助詞の重なり** 1 までに（時刻の区切り） 2 にまで（月曜から土曜はもちろん、日曜日にも、の意味。「日曜日までに」なら「金を返す」などが続く） 3 にまで 4 にも 5 でしか（「しかで」の形はない） 6 だけで（「押す＋で」の形はない） 7 とだけ 8 だけど（＝「だけだと」） 9 とも 10 でしか（「しかで」の形はない） 11 との（「の」は格助詞の後ろ） 12 への（「にの」という形はない） 13 からの（「の」は格助詞の後ろ） 14 との（後ろの「結婚」は名詞） 15 の（「同士」に注意） 16 と（後ろの「結婚する」は動詞） 17 と・の（＝「との」） 18 にでも（「でもに」の形はない）

〔三〕 **助詞以外の表現との言い換え** 1 と 2 と 3 まで 4 不可（「と」は独立した接続詞としては使えない） 5 か 6 って（口語） 7 か 8 だけ・不可（「か」は独立した接続詞としては使えない）・不可 9 不可（この「ほど」は「程度」という意味の名詞）

〔三〕 **接続の形に注意する問題** ＊いずれも、前と後ろが動詞か名詞かによって判断する。 1 による（「先生による説明」が全体として名詞句） 2 によって 3 による（「アメリカによるパナマ計画」が全体として名詞句） 4 に関して（「報告する」という動詞に続く） 5 に関して（「報告」という名詞に続く。「貿易摩擦に関する報告」でもよい） 6 についての 7 について 8 なおす 9 のための 10 のために 11 のために 12 のための 13 ために

〔亖〕 **文末表現など** 一 1 よ 2 か（「ね」「よ」だと意味が逆になる） 3 か（「…じゃない（です）か」は「…」と主張しているのと同じ） 二 1 よ（この他に「名詞＋だわ（女）」「名詞＋だよ（男）」） 2 わよ（動詞の後ろに「だ」

はつかない。男言葉なら「出かけるよ」) 3 ぜ(「ぞ」は主に一方的な主張に使われるので、「…う・よう」などの形の後ろには続かない。名詞の後ろに来る場合は「(名詞)だぞ」の形) 4 わよね(順序に注意) 5 だ・よ 6 い・わよ

三 1 Aは男でBの友達 2 Aは女でBの先生 3 Aは男でBの友達(男性か女性かは、その人自身の助詞の使い方に注意して判断する。人間関係については、Bがどう答えているか注意する) 四 1(順に) ねえ・かしら・か・か・わ・よ・あのう・か・よ 2(順に) 平田君・か・ね・かな・ですか・も・よ 3(順に) も・なあ・でも・か・なあ・よ・なんか・か・でも・だい・な・するか・かい・ね・なら・わよ・に・かな・かしら・よ

B 書き換え・作文問題

一 1 この小説は私の先生が書いたんですが、ちっとも面白くありません。2 今度家の近くにレストランが開店したんですが、なかなかサービスがいいですよ。3 私の会社は五反田にあるんですが、通勤が不便で困ります。4 私のおじいさんはまだまだ元気なんですが、今度乗馬を習うそうです。5 有馬さんは大学の時の友達なんですが、もう結婚して子供がいるんです。

二 (解答例) 1 テレビを買いに、秋葉原に行った。(目的。移動動詞と共に) 2 私は一週間に一度横浜の日本語学校に行く。(数の限定) 3 田中さんは、日本人にしては足が長い。(資格・仮定) 4 松原団地に行くには、この道をまっすぐ行けばいいんですか。(目的) 5 化学実験に際しては、細心の注意が必要だ。

三 1 不可 2 そのことは、もう田上君から聞きました。3 会社までの道は、部長さんから教えていただきました。4 不可 5 あの子は、母親からひどく叱られて泣いていたよ。6 僕は小さい時、大きな犬からかみつかれて以来、犬が恐い。7 この着物は母からもらったんです。8 日本では新学期は四月から始まる。

四 1 やるにはやったんですが、全部終わりませんでした。2 見るには見たんですが、つまら

ない映画でしたよ。 3 行くには行ったけど、疲れただけだったよ。 4 不可 5 不可

五 1 円高で留学生の生活は苦しくなった。 2 ポンペイの町は大地震で破壊された。 3 この都市はフランス人に設計された。(「フランス人の手によって」なら「フランス人の手で」と置き換えられる) 4 不正行為は法律で禁止しなければならない。

六 1 太田先生に(「より」も可)年賀状をいただきました。 2 第一章が終わったら、来週より(「φ」も可)第二章に入ります。 3 たばこの消し忘れで大火事になった。 4 豆腐は大豆で(「より」も可)作る。 5 おつうさんは村のみんなに好かれている。 6 不可(「…のです」の形はない) 7 そのことは北野さんに(「より」も可)聞きました。 8 来週より夏休みなので、どこかへ行こうと思っています。 9 これより避難訓練を行う。

七 1 いいえ、行ったのは中国だけで、台湾へは行きませんでした。 2 このテープレコーダーは完全には直りませんでしたが、一応、動きます。 3 読みはしましたが、全然わかりませんでした。(「全然」は全面否定なので、「全然はわかりませんでした」とは言わない)

八 1 中野さんはギターもピアノも上手だ。(その他「ギターも上手だし、ピアノも上手だ。」「ギターだけでなく、ピアノも上手だ。」など) 2 窓もドアも開けて下さい。 3 ジョンさんもハビエルさんも京都に行きました。 4 ジョンさんは京都も奈良も行きました。(その他「京都へも奈良へも」「京都にも奈良にも」「京都だけでなく奈良にも」など) 5 日本語は文法も漢字も難しい。 6 この料理は、はしでもフォークでも食べられます。 7 授業中は、たばこを吸っても物を食べてもいけません。(その他「たばこを吸ってもいけませんし、物を食べてもいけません」など) 8 私は漢字を読むことも書くこともできます。(その他「漢字は読めるし、書けます」)

九 (解答例) 1 いいえ、アメリカにもヨーロッパにも行ったことがありますよ。 2 いいえ、ソ連も北朝鮮も参加しますよ。 3 いいえ、オ

ーストラリアででも日本ででも買えますよ。

一〇 1 手伝いもしないのに文句ばかり言っている。 2 知りもしないのに知っているふりをするのは良くない。 3 できもしないのに社長が無茶をしたので会社は倒産してしまった。 4 英語を話せもしないのに父は外国人を見ると話したがる。 5 小説家でもないのに先生は雑誌に小説を書いている。 6 ひまでもないのに他の人の仕事を手伝っている。

一一 1 イタリアやオランダに旅行したい。(「とか」を使ってもよい。以下も同様) 2 肉ばかりでなく、キャベツやトマトも食べなくてはいけない。 3 ウイスキーやビールが大好きです。 4 ワシントンやリンカーンの行動は立派だと思う。

一二 1 一体いつになったら結婚するのやら。 2 いつになったら帰って来るのやら。 3 病気はいつになったら直るのやら。

一三 1 あなたさえよければ 2 ここに名前を書きさえすれ 3 私を愛してくれさえすれ 4 読めさえすれ

一四 (解答例) 1 あんまり飲み過ぎるなよ。/飲み過ぎてはだめだぞ。(参考——女言葉なら「飲み過ぎてはだめよ。」など) 2 ふざけるなよ。/ちょっとまじめに話を聞けよ。(他に「ふざけないでよ。」) 3 他の人には言うなよ。/他の人には秘密だぜ。(他に「言わないでよ。」) 4 見るなよ。/見ちゃだめだよ。(他に「見ないでよ。」、女言葉「見ちゃだめよ。」)

一五 1 (男) すぐ行くよ。 2 (女) それは私の本だわよ。 3.(女) さあ、行くわよ。 4 (男) もう十時だよ。(…だ。…だぜ。) 5 じゃまた、元気でね。 6 (女) 原さんは来るかしら。

一六 1 銀行へ行って、お金をおろしました。/銀行に行きました。そして、お金をおろしました。(「と」は独立した接続詞として使えない。「と」は名詞を並列させるのに使う) 2 この本は難しくて高い。/この本は難しいし、高い。/この本は難しいうえに高い。 3 あんな人を見ていると本当に悲しくて不愉快です。/あんな人を見ていると本当に悲しいし不愉快です。 4 この船の中はとても暑い。(「船の中」自体が主題になっている。参考「――この船の中では私の部屋が一番暑い。」）５ 西さんはアメリカで日本語の先生だったけれど、……。（「場所」で「状態」です」の形。名詞文、イ・ナ形容詞文では「で」で《場所》を示す）６ 有名大学を卒業した。（熟語、抽象的）７ 会社と言っても、三人しか勤めていないんです。（「…といっても」に注意する）８ 郵便局はどこにあるか知りませんか。（間接疑問文は「か」「かどうか」でつなぐ）

C　用法認識問題

一　b（a・cは逆接の例）

二　(1) b（a・cは目的語を表す対象格。bは主格を表す）(2) b（a・cは逆接。bは順接）(3) a（b・cは主格。aは逆接の接続）

三　1 a（b・cは受身の「に」。aは「で」で置き換えられる）2 b（a・cは「で」で置き換えられる。bは「決定を左右できる基準」を表す）

四　1（2・3は「例示」、1は「不確かな引用」）

五　2と5（「任意に選んだ候補」。1は「駅で買う」+「交通公社で買う」の「で」に「も」がついたもの。3は逆接の接続詞で、助詞ではない。4は「全部」の意味）

第四章　総合問題

一　『裸の王様』(1) ①に ②が ③は ④と ⑤が ⑥に ⑦と ⑧に ⑨に ⑩が ⑪と ⑫など ⑬と ⑭に／から ⑮と ⑯に ⑰が ⑱に ⑲と ⑳も ㉑で（パレードはできごと=動作／行事であるので、存在の場所を示す「に」は使われない。）㉒が ㉓を ㉔に ㉕に／へ ㉖が ㉗に ㉘で ㉙が ㉚が (2) aや bや cを dで eの fに gでも hしか iに jなんか kものか lに mが nが oも pが qを rぞ sが tしか uに vぞ wなの xを yも zまで

二　『うさぎとかめ』①が ②は ③で ④は ⑤のよ ⑥が ⑦を ⑧と ⑨で ⑩の

⑪が ⑫を ⑬で ⑭は ⑮も ⑯に ⑰が ⑱わ／わよ／のよ ⑲か ⑳と ㉑が ㉒に ㉓までで（「まで」+「で（～でい）」） ㉔に ㉕を ㉖が ㉗を ㉘と ㉙かな ㉚も ㉛が ㉜も ㉝に ㉞を ㉟に ㊱が

三『桃太郎』 (1) 1に 2が 3は 4へ／に 5に 6に 7が 8と 9が 10で 11が 12は 13に 14で／に 15を 16を 17に 18に 19が (2) Aからの Bに Cかな Dから Eと Fが Gに Hが I φ Jを Kを Lに Mに Nへと Oが P φ Q φ Rに Sを Tに Uが Vが W φ Xが Yが Zが ZZ ZZに (3) ①は ②を ③へ ④を ⑤に ⑥を ⑦に ⑧に ⑨に ⑩を ⑪φ ⑫と

四『塩ふきうす』 (1) ①に ②が ③に／から ④は ⑤に ⑥も ⑦しか ⑧を ⑨に ⑩に ⑪を ⑫を ⑬が ⑭の／が ⑮が ⑯へ／に ⑰が ⑱へ／に ⑲へ／に ⑳へ／に ㉑が ㉒に ㉓が ㉔へ／に ㉕へ／に ㉖を ㉗で (2) aが bかい cと dが eだい fも gを hから iかな jから kかな lも mうちに nに oほど pから

五『三匹の子豚』 ①に——存在の場所は「に」で示される。②が——新情報 ③は——話題（未知の情報ではない） ④から——家・駅などの空間の内部から外に出る時には「を」を使えるが、この場合は「そばを離れる」ので、「を」は使えない。⑤で——動作を行う集合・グループ ⑥は——話題 ⑦も——「も」の前の「を」は普通省略される。⑧が——節の中では一般に「は」を使わない。⑨から——理由を表す「ので」は終助詞としては「のです」で使われる。⑩に——具体的な移動を伴わない。⑪と——比較 ⑫から——理由 ⑬は——対比 ⑭と——状態描写 ⑮は——話題 ⑯から——「より」は文語 ⑰を——使役 ⑱には／にとっては——後続の「見える」で考える。⑲に——実際に目で認められる状態を表すときは「に」⑳ぞ――「わよ」は女性(語)のみ　㉑と――「仮定」ではない　㉒に／へ――動作の方向を示す。㉓を――場所・空間(抽象的)　㉔ぞ――「わよ」は女性(語)。㉕と――慣用句。「は」は「開けなければ」の形になり、活用形(接続する)が異なる。㉖を――対象　㉗ぞ――「のよ」も女性(語)。㉘は――主題　㉙の／が――修飾部＝従属節に「は」は現れない。㉚を――空間・場所(抽象的)　㉛へ――動作の方向　㉜を――対象　㉝の／が――修飾部／従属節。「は」は現れない。㉞で――動作を行うグループ。

六『ふぐは食いたし命は惜しし』①にとって②に③を④が⑤にも⑥と⑦で⑧は⑨に⑩で⑪など⑫も⑬にも⑭にも　(2)　a を　b を　c に　d が　e が　f ほど　(3)　g として　h で　i に　j に　k で／に　l に　m と　n に／と　o で

國家圖書館出版品預行編目資料

助詞/北川千里，鎌田修，井口厚夫共著.--
初版.--臺北市：鴻儒堂，民82
面；公分

ISBN 957-8986-17-3(平裝)

1.日本語言-文法

803.16 91021281

定價：150元

發　行　所：鴻儒堂出版社
發　行　人：黃　成　業
地　　　址：台北市城中區10010開封街一段19號
電　　　話：三一二〇五六九、三一一三八二三
郵 政 劃 撥：〇一五五三〇〇～一號
電話傳眞機：〇二～三六一二三三四
印　刷　者：楨文彩色平版印刷公司
電　　　話：三〇五四一〇四
法 律 顧 問：蕭　雄　淋　律　師
行政院新聞局登記證局版台業字第壹貳玖貳號
中 華 民 國 八 十 二 年 十 一 月 初 版
中 華 民 國 八 十 六 年 五 月 再 版